Marc Jan

Böse Stadt

CW00829131

Marc Jan

Böse Stadt

Krimi

Impressum

Bibliografische Information der Deutschen Nationalbibliothek:
Die Deutsche Nationalbibliothek verzeichnet diese Publikation in der
Deutschen Nationalbibliografie; detaillierte bibliografische Daten sind im
Internet über http://dnb.dnb.de abrufbar.

Herstellung und Verlag: BoD – Books on Demand, Norderstedt

ISBN: 978-3-7543-0926-1

1

(K)Ein schönes Land in dieser Zeit

Ein Idyllischer Ort in mitten im Hügelland,
umgeben von Saftigen Wiesen
und grünen Wäldern, da liegt Oberstadt, eine Stadt
da wo die Welt wie es
scheint noch in Ordnung ist.

Es handelt sich nicht um ein Urlaubs Werbe
Prospekt, sondern um einen Krimi wo die Stadt
von Dubiosen Gestalten regiert wird.

Da wäre der Oberbürgermeister, der durch vielen,
vielen Wahl Versprechungen an seine
BürgerInnen, die Mehrheit bekam. Er veranlasste
auch Fusionierung mit der Nachbargemeinde
Unterstadt, wo die Mitbürger mit großer Mehrheit
dafür stimmten. Er Versprach den Bürgern mehr
Arbeit, ein neues Hallenbad, eine neue Sporthalle,
mehr Geld für die Vereine und so weiter.

Seine Freunde in der Wirtschaft unterstützten Ihn
zu einhundert Prozent, schließlich erwarteten auch
Sie viel, viel Geld durch Aufträge.
Förderungen seitens des Landes und Der EU habe
er bereits Beantragt und teilweise erhalten.

Was die Bevölkerung nicht weiß, nicht auf dem Konto der Gemeinde.

Seine rechte Hand und die eigentliche Managerin der Gemeinde Fräulein Susi Burger, Mitglied im Gemeinderat, und rechte Hand des Bürgermeisters wusste natürlich über alles Bescheid, und unterstützte Ihren Chef wo es nur ging, denn es sollte nicht ihr Schaden sein, oder doch?

Der Vizebürgermeister spielte nur eine Nebenrolle in diesem inszenierten Theaterspiel.

In der Stadt gab es zwei Banken, die für Bauern und Unternehmer (kurz: BBU) und die Bank für Arbeiter und Angestellte (kurz: BAA), man kann sich nur denken, wer das große Geschäft mit der Stadt machte.
Übrigens der Direktor der BBU ist Mitglied im Stadtrat und natürlich ein spezieller Freund des Oberbürgermeisters. Er und niemand anderer kümmerte sich um die Finanzielle Geschäfte, dienstlich und Privat.

Baumeister Huber von Huber Bau GmbH, ein Freund des Oberbürgermeisters, der durch die Stadt erteilte Aufträge gut verdiente und hoffte durch die große Freundschaft auf noch weitere Geschäfte, er ist ebenfalls im Stadtrat tätig, als Baureferent.
Angeblich Mitglied oder sogar Inhaber einer Investor-Firma.

Ein weiterer Freund ist der Chef von Auto Stern,
Mitglied im Stadtrat und zuständig für den
Fuhrpark. Sein Werbespruch lautet: „Hol dir die
Sterne nicht vom Himmel, sondern aus der
Garage". Eine überlustige Person, der verstand
Leute über den Tisch zu ziehen und sie dabei
anlachte.

Natürlich wird alles Gesetzlich abgerundet, durch
Herrn Polizei Stadt- Kommandanten, ein wichtiges
Mitglied im Stadtrat.
Er ist für die Sicherheit zuständig, das heißt er
sorgt dafür, dass die Parkzeiten eingehalten
werden, und niemand zu schnell durch die Stadt
fährt.
Das sind seine wichtigsten Tätigkeiten, denn sonst
gibt es in der Stadt keine kriminellen Handlungen.
Er tat das, was ihm von seinen Kollegen im
Stadtrat befohlen wurde.

Wenn jemand zu Tode kam, dann war es ein
Unfall, Selbstmord oder eine natürliche
Todesursache. Verbrechen wurden Grundsätzlich
ausgeschlossen.
Man wusste schon warum!
Daher hat die Obrigkeit bereits ein wachsames
Auge auf seine Fragwürdigen Ermittlungen
geworfen, bisher war aber kein Handlungsbedarf.

Würde man am Friedhof bei jedem Grab eine Kerze anzünden, wo die Todesursache nicht einwandfrei geklärt wurde, die begrabenen Personen eines unnatürlichen Todes ums Leben kamen, würde man den Friedhof hell erleuchtet von All aus gut sehen.

Unentbehrlich ist die Geistige Unterstützung in der Stadtgemeinde, denn Gott ist überall, wenn auch nur in Form eines Pfarrers als Stadtrat, schließlich profitiert auch er von der Wahl des Oberbürgermeisters und der Fusionierung, denn er konnte beginnen seine Kirche renovieren.
Welche Verfehlungen er sonst noch hatte? das ginge auf keine Kuhhaut!

Die Bevölkerung bekommt von diesen Amigo Verein nicht wirklich viel mit oder wollen es gar nicht wissen, Hauptsache es geht ihnen so halbwegs gut.
Die Versprechen die einst gemacht wurden sind schnell über die Jahre vergessen, und so läuft alles so weiter wie bisher.

Alles könnte so weiter gehen, die Korruptionen, die sogenannten Amigo Geschäfte, wenn da nicht unerwartet ein grausames Verbrechen geschah.

Dumm für die Amigos, wenn ein erfahrener Sonderermittler zu schnüffeln beginnt, der unbestechlich ermittelt, und nur eines im Sinn hat, nämlich jedes Verbrechen lückenlos aufzuklären.

2

Anonymer Anruf

Es war in einer schwülen Sommernacht, in der
Stadt waren nur vereinzelt ein paar
Nachtschwärmer unterwegs. Es war sehr ruhig,
viel zu ruhig in dieser Sommernacht.

Auch in der Landeshauptstadt war es
ungewöhnlich still, die Beamten am Notruftelefon
hatten vorerst nicht viel zu tun als Mitten in der
Nacht ein ungewöhnlicher Anruf bei Ihnen
einlangte.

Eine Männliche Stimme meldete sich und gab
folgendes von sich:
„Bitte kommen Sie schnell nach Oberstadt,
Stadtplatz 13, im Hinterhof zu den Wohnungen,
die Burger Susi, sie ist Tod, überall Blut, aber bitte
schicken sie nicht die Oberstadt - Polizisten, die
machen das nicht gut, bei denen stimmt was nicht,
bitte kommen Sie, in Gottes Namen!"

Der zuständige Oberste Polizist handelte schnell!
Er schickte eine Mannschaft unverzüglich zum
Tatort um alles rund herum abzusichern.

Jetzt fehlte nur noch, einen fähigen Beamten für diesen Fall zu finden.

Irgendwie spürte er das es sich hier um einen brisanten Fall handeln dürfte, und er einen speziell ausgebildeten, erfahrenen Kommissar schicken musste.

Der Oberste Polizeikommandant war natürlich informiert, dass in Oberstadt seltsame Dinge passierten und nicht ganz nach dem Gesetz gehandelt würde, aber bis dato er keine Beweise und daher keine Handhabe hatte um eizuschreiten. Dem zuständigen Stadt-Polizei-Kommandanten wird so einiges vorgeworfen, aber das wird sich bestimmt aufklären.

Bei reichlicher Überlegung wusste er nun welchen Beamten er zur Aufklärung beauftragen werde.

Es handelte sich um einen SE Beamten (Spezialermittler, mit speziellen Befugnissen), bekannt unter den Namen Gottfried Oberst, alle nannten Ihn Herr Oberst.
Seine Aufklärungsrate lag bei 99%!
Er hat schon Fälle geklärt, wo andere Ermittler längst aufgegeben hatten. Er genoss schließlich auch einige Sonderausbildungen, an Erfahrung sollte es Ihm nicht fehlen.

Herr Oberst ist so Mitte fünfzig, leichtes grau mehliertes Haar, immer mit Sakko bekleidet, eher mittelmäßige Figur und 1,75 Meter groß. Wer bei Ihm nach einem Humor sucht, der würde enttäuscht werden, er geht meistens sehr ernsthaft an das Ganze. Eher würde man den schwarzen Humor finden.

Seine Ermittlung Methoden sind zwar umstritten aber er kommt immer ans Ziel. Androhungen mit Folter stehen bei Ihm an der Tagesordnung. Er setzt die Verdächtigen absichtlich unter schweren druck.

Als Assistent wird Herr Kommissar Konrad den leitenden Beamten, Herrn Oberst zur Seite stehen.

Herr Konrad ist ein ehrgeiziger, fleißiger und überaus schlauer Polizist, er ist bemüht für alles eine Antwort zu finden.
Um verdächtige zu überprüfen, greift er oft auf dubiosen Quellen zu, Hauptsache er kommt an Informationen, die Ihn und seinen sehr strengen Vorgesetzten ans Ziel führen.

Er ist Anfang dreißig, sportlich, kurze schwarze Haare und immer modisch gekleidet.

Zu seinen Ermittlungen ist er immer mit einen VW-Bus unterwegs, da ist sein mobiles Büro eingerichtet, alles am neuesten Stand, immer mit dem Zentral-Computer verbunden, Zugriff auf alle Polizei-Dateien, Melderegister und selbstverständlich ständiger Kontakt mit Interpol.

Ein weiterer „geheimer" Computer steht Ihm für spezielle Anfragen zur Verfügung.

Die beiden sollten also das Ideale Ermittlerpaar für schwierige Fälle sein.

3

Am Tatort

Die beiden Kommissare, Herr Oberst und sein
Assistent kamen in Oberstadt an. Sie ließen ihre
Fahrzeuge im Zentrum vor der Absperrung stehen
ehe sie durch eine Gasse in einen Hinterhof
gingen. Den Weg zeigte ihnen ein Uniformierter
Beamter.

Hinter der Absperrung tobte ein ebenfalls
Uniformierter. Der wollte sich den „angeblichen"
Tatort ansehen, doch er wurde weggeschickt, in
Begleitung eines Beamten brachte man ihn zum
Stadtkommando, wo er auf Befehl unter
Hausarrest zu bleiben hatte, bis der leitende
Ermittler die nötige Zeit hatte, um sich mit ihn
über sein Verhalten zu unterhalten.
Es handelte sich um den Polizei -
Stadtkommandanten.

Im Hinterhof angekommen, standen sie vor zwei
Eingängen, einer führte zum Wirtshaus der andere

zu den Wohnungen, der hintere Teil des Hinterhofs war mit Bauzäunen abgesperrt.

Ein Polizist wartete bereits und begleitete die beiden Kommissare in den zweiten Stock, da hatte das vermeintliche Mordopfer ihre Wohnung.

Der Polizist hatte bereits erste Erhebungen durchgeführt und berichtete, dass im ersten Stock drei Zimmer zu vermieten waren, die aber leer stehen, im zweiten Stock gebe es zwei Wohnungen, wobei nur eine vermietet wurde, alles Weitere wusste der Vermieter, er musste aber weg, weil seine Frau Hilfe benötigte.

Als sie im Flur der Wohnung des Opfers ankamen, hielt sich Herr Oberst ein Taschentuch vor das Gesicht.

Es war dieser Geruch nach Blut, der ihn schon seit seiner Kindheit verfolgte.

Wenn sein Vater Tiere schlachtete, musste er immer dabei mithelfen.

Dann kam seine Berufliche Karriere, wo er laufend mit sehr Blutigen Verbrechen zu tun hatte.

Sie gingen den Flur weiter entlang, der Geruch wurde immer stärker, bei der zweiten Türe stand ein Beamter und zeigte in die Küche, wo die Tote lag.

Als sie den Raum betraten, wurde ihnen klar, dass es sich hier um ein schreckliches Verbrechen handeln würde.

Es war ein Anblick des Grauens.

Wie oft auf das Opfer eingestochen wurde konnte man nicht vor Ort feststellen. Die Leiche war so mit Blut überströmt, da war nicht viel von der Toten zu erkennen.

Er wäre nicht der Herr Konrad, der Kommissar Assistent, wenn er nicht eine unqualifizierte Bemerkung machen würde. So sagte er:
„Ertrunken ist das Opfer nicht!"
„Wer will das so genau wissen?" kam zu Antwort.
„Vielleicht wurde sie vor der grausigen tat ertränkt? eine sogenannte Übertötung!"
Herr Oberst erkannte sie sofort wieder, schließlich hatten sie schon oft zusammengearbeitet.
Sie war in einen weißen Spurensicherung-Anzug gekleidet, darunter war eine kleine zierliche weibliche Person.
Es handelte sich um die Gerichtsmedizinerin, Frau Dr. Sandra Schneider, eine kleine hübsche Blondine, Mitte dreißig, und eine gefragte Spezialistin.

Sie teilte Ihnen mit, dass es sich hierbei um einen äußerst brutalen Tötungsdelikt handelte, wie er eher selten vorkommt. Der mit Sicherheit kräftige Täter, muss im Blutrausch zugestochen haben. Vorerst konnte sie Ihnen nur mitteilen, dass die Tat so um Mitternacht geschah.

Jetzt kam der Spruch, worauf Herr Oberst schon vorbereitet war: „Alles weitere nach der Gerichtsmedizinischen Untersuchung."

Der Leichenbestatter und seine Gehilfen warteten schon, um die Leiche in die Pathologie in die Großstadt zu bringen.

Am Tatort waren die Spurensicherer voll im Einsatz, den Tatort systematisch zu untersuchen. Es viel Ihnen auf, dass die Wohnung teilweise durchsucht worden war.
Der Kommissar nahm an, dass der Täter wahrscheinlich unterbrochen wurde. Hat er gefunden wonach er suchte? War es ein Raubmord?

Sein Assistent Herr Konrad konnte den Raubmord nach Absprache mi der Spurensicherung ausschließen, denn Bargeld in einer noch unbekannten hohen Summe wurde ganz offen in einer bereits offen gestandenen Schublade gefunden, sowie sämtlicher Schmuck lag im Schlafzimmer auf und im einen Nachtkästchen.

Herr Oberst hatte eine Vermutung: Wenn sie gefunden hatten wonach der Täter suchte, dann könnte das der Schlüssel zum Mörder sein.

Vorerst gab er seinen Assistenten den Auftrag alles über das Opfer herauszufinden und Frau Dr. Schneider zu folgen um bei der Obduktion dabei zu sein.

Wenn er alle Ergebnisse zusammen hatte, sollte er ihn anrufen und er würde ihm sagen wo sie sich treffen und er würde eine Bleibe suchen, denn er habe die Vermutung, dass der Aufenthalt etwas länger dauern würde.

Er würde nun im Ort die Ermittlungen fortsetzten, um mehr über das Umfeld der Toten zu erfahren. In so einer kleinen Stadt, dürfte es kein Problem sein, den Mantel des Schweigens zu lüften, er hoffte nur dass die Einheimischen offen auf ihn zugehen würden.

Herr Konrad verließ die Stadt und Herr Oberst ging seinen weg.

4

Am Würstelstand

Als er den Tatort und den Hinterhof verließ sah er schräg gegenüber ein Würstelstand.
Es war genau was er jetzt brauche, zwar nichts zum Essen, sondern was Hochprozentiges nach dem Anblick des Grauens, außerdem hatte er immer noch den Geruch von Blut in seiner empfindlichen Nase.

„Würstel-Josef" hieß dieses Würstelstand, man konnte nicht nur draußen, sondern auch drinnen in einem kleinen Raum konsumieren.
Er entschloss sich hinein zu gehen, weil er den Personen näher sein konnte und um sich besser zu unterhalten.

Herr Oberst ging hinein und wurde mit den Worten: „Hallo Herr Kommissar!" begrüßt. Er wunderte sich ein wenig, weil er nicht unbedingt wie ein Typischer Kommissar aussah, er fragte aber trotzdem. „Woher wissen Sie?"
Hinter Ihm stand ein Mann der genüsslich sein Bier genoss und ihn mitteilte, dass sie sich vor kurzem am Tatort sahen.
„Helfen Sie mir ein wenig", forderte Herr Oberst den noch unbekannten Mann auf.

„Ich bin der Leichenbestatter, meine Männer und ich holten das Opfer."
Er wunderte sich das er schon wieder zurück war, doch er klärte ihn auf, dass seine Männer die „Fuhre" für ihn erledigten, denn er konnte sich nicht um alles kümmern.

Der Wirt vom Würstelstand, man nannte Ihn „Jo", sowie seine Frau Maria, sie nannten Sie alle „Mizi" klärten den Kommissar auf, dass der Leichenbestatter, der von allen liebevoll „Leichen Fritz" genannt wurde, hier jeden kannte ob Tod oder lebendig. Schließlich werden wir alle irgendwann von ihn abgeholt, und was alle Frauen fürchten vor ihm zu liegen wie sie Gott schuf.
Das heißt er wird noch jede flach legen.
Die Anwesenden lachten, denn dummes Gerede stand auf der Tagesordnung.

Nun wurde es Zeit für einen doppelten Cognac und wenn es geht gleich einen zweiten, denn er befürchtete das es hier noch anstrengend werden könnte.

Nach dem alle wussten mit wem sie es tun hatten, konnten er mit dem Frage Antwort spiel beginnen.
Wer konnte letzte Nacht irgendetwas außergewöhnliches beobachten?

Jo und Mizi hatten den besten Blick über den Stadtplatz und natürlich beste Sicht zum Wirtshaus schräg gegenüber.
Also konnten sie eventuelle Beobachtungen gemacht haben, weil wenn sie nicht viel zu tun hatten, immer beim Ausgaben Fenster hinausschauten.
Da hat man ihnen den Namen „Fenstergucker" gegeben.

„Wan sollten wir was gesehen haben?", fragte Jo.
Herr Oberst antwortete: „Rund um Mitternacht!"
Nun fing Jo an zu erzählen: "Dass gegen Mitternacht der Pfarrer hier ziemlich zügig vorbeieilte. Ich grüßte ihn freundlich, er aber schaute mich nicht einmal an, sondern senkte seinen Kopf und murmelte irgendwas mit Gott, ich glaubte er sagte „Gott sei mit dir", bestätigen konnte er das nicht.
Wahrscheinlich hat er im Wirtshaus „Zum schwarzen Hund" wieder einmal Wasser in Wein verwandelt, das regelmäßig vorkam.
Ich bin mir fast sicher, dass er von dort kam.
Verwunderlich war nur, dass er bei mir vorbei, zielgerichtet zu Telefonzelle am Stadtplatz ging.
Ob er sich darin erleichterte oder telefonierte konnte ich nicht genau sehen, weil dort das Licht eher schwach sei".

„Danke, Herr Jo! Hat sonst noch jemand was beobachtet?" Fragte Herr Oberst.

Nun fing „Leichen Fritz" an zu erzählen:

„Ich habe zwar letzte Nacht nichts gesehen oder
gehört, gestorben ist auch niemand, aber der
Pfarrer ist meiner Meinung ohnehin eine sehr
dubiose Erscheinung.

Es war schon etwas später und dunkel und die
Leichenhalle ist nicht unweit von der Pfarrer -
Wohnung entfernt, da sah ich was
Ungewöhnliches, habe mir aber nichts dabei
gedacht.

Als ich neulich eine „Fuhre" ablieferte stürmte der
Pfarrer aus der Wohnung zur Kirche, schaute ein
paar Mal nach rechts und links, bis ein dunkler
Typ mit Kapuzen Pullover auftauchte, beide
vergewisserten sich das ihnen niemand folgte,
dann verschwanden sie in der Kirche.

Unüblicher weise kam das Kapuzen Männlein am
Nebenausgang heraus, der normalerweise
Verschlossen war, und verschwand im Schutze der
Dunkelheit.
Ich wunderte mich das so spät noch jemand
Beichten ging, weil gebräuchlich der Pfarrer um
die Zeit schon im Wirtshaus saß, oder sich mit
seiner „Köchin" vergnügte. So sagen es die Leute!

Dann fällt mir ein das ich den Kapuzen Mann
schon öfters vor dem Wirtshaus sah, dort

verschwand er im Hinterhof, das letzte Mal Gestern. Ich erinnere mich noch genau, weil ich einen Auftrag bekam und wie ich mich auf den Weg machte sah ich ihn zufällig.

Der Pfarrer ist ja auch Stammgast im Wirtshaus, wo er viele Nächte verbrachte, sicher kein gutes Vorbild für diese eher Konservativen Gemeinde".

Mizi bemerkte, dass an bestimmten Tagen viele Leute hinein gehen, aber solange ich hier bin, keiner rauskommt.
Vorher konnten wir das nicht sehen, aber seitdem die Zufahrt von der anderen Seite gesperrt wurde, war das auffällig.
Interessanter weise verdeckte jeder sein Gesicht, oder vergewisserten sich, dass sie keiner beobachtete, was ihnen sicher oft gelang, denn wir konnten nicht alles sehen. Wahrscheinlich verließen die meisten das Wirtshaus, als niemand mehr unterwegs war.

Der Kommissar machte sich seine Notizen, und hörte sich weiter um.

Ihm viel auf, dass in der letzten Ecke eine fragwürdige Person saß, der obwohl sein Platz ganz hinten war, trotzdem einen guten Blick auf die Straße und zum Wirtshaus hatte, man muss bemerken, dass die Räumlichkeiten des Würstelstands eher klein waren.
Herr Oberst fragte den Mann ob er etwas gesehen hatte?

Der Mann schwieg und machte keinen laut,
daraufhin wiederholte er seine Frage, aber er
schwieg weiter.

Jo und die anderen sagten zuerst nichts und
lachten, doch dann klärten sie ihn auf:
„Der Mann ist blind und taub, er heißt Max Stock,
wir nennen Ihn „Blinder Max", er versteht ohnehin
nichts."

Der Kommissar wollte nun wissen wie man weiß
was er gerne konsumieren möchte?
Mizi klärte ihn auf, dass seine Betreuerin ihn
vormittags bringe und abends wieder abholte, er
hat das nötige Geld eingesteckt und einmal
Daumen hoch heißt Bier, Zeigefinger hoch heißt er
will die Karte.
So sitzt er jeden Tag an seinem Stammplatz und
lässt die Zeit verstreichen.

Dem Kommissar kam das irgendwie nicht ganz
normal vor und er hatte den Verdacht, dass er mit
dieser Person noch einmal zu tun haben werde, in
einer anderen aufklärenden Situation, denn der
Kommissar traute grundsätzlich niemanden.
Hatte er einen Verdacht, so wird er das aufklären,
und im diesen Würstelstand haben sich viele
Verdachtsmomente ergeben, denen er nachgehen
werde, denn oft sind es die kleinen Beobachtungen
von kleinen Leuten, die zum Täter führen könnten.

Dieses Würstelstand wird er noch öfters
aufsuchen, denn hier verkehrt jeder von Schüler
bis zum Universitätsprofessor, eine Spielwiese für
jeden Kommissar.

Nun wollte er von Jo wissen, wo er für sich und
seinen Assistenten eine Übernachtungsmöglichkeit
sowie einen kleinen Stützpunkt für weitere
Ermittlungen finden könnte.
Jo empfahl ihm das Stadthotel und Restaurant
„Weiße Katze".

Herr Oberst buchte sofort zwei Zimmer und zog
sich dorthin zurück um nachzudenken und wartete
auf seinen Assistenten, der die Ergebnisse der
Obduktion mitbrachte, außerdem gab er ihm den
Auftrag den Pfarrer genauer zu „durchleuchten".

5

„Zum schwarzen Hund"

Der Kommissar war der Auffassung mit dem Wirt
„Zum schwarzen Hund" einen notwendigen Dialog
zu führen sowie sich das seltsame Wirtshaus
genauer anzusehen, was ihm Zeugen empfahlen.

Als er in das Wirtshaus hinein ging staunte er nicht
schlecht, ihm war als hätte er eine Zeitreise in die
frühen sechziger Jahre gemacht.

Er betrat eine Gaststube die total verraucht war,
am Stammtisch saßen drei pensionierte Bauern, die
an einer Flaschen Bier saugten, und an einer
Zigarette zogen.

Er ging zum Tresen, wo der Wirt, ein ungepflegter
Mann stand und ihm fragte, was er den trinken
wolle? Es gebe nur Bier aus der Flasche sowie
Wein oder Schnaps, sollte er Hunger haben könnte
er sich schräg gegenüber vom Würstelstand was
holen.

Herr Oberst wunderte sich und fragte warum es nicht mehr Auswahl gab? Was ist mit den Zimmern, die es zu mieten gab und der freien Wohnung? Wie gut kannte er die Tote?

Traurig fing der alte Wirt zum Erzählen an:

„Ich habe nicht mehr Auswahl, weil für die paar Gäste zahlt es sich nicht mehr aus zu kochen und Personal aufzunehmen, denn lange machen wir das ganze sowieso nicht mehr.

Die Susi hat sich eine möblierte Wohnung gemietet, sie zahlte Anfang jedes Monats brav die Miete in Bar, sonst bekam ich sie nie zu Gesicht. Ich weiß nur dass sie im Stadtamt arbeitete und die rechte Hand vom Oberbürgermeister war.
Die zweite Wohnung wird nicht mehr vermietet.

Die Zimmer sind alle Reserviert für die Kartenspieler, die Zahlen alles Bar, auch die bekam ich kaum zu Gesicht, nur einen Spieler der vorher ein paar Flaschen Whisky und ein paar Flaschen Mineralwasser holte.

Hin und wieder kommt eine Aushilfe vorbei die das nötigste in der Gaststube und im Haushalt erledigt.

Meine Frau ist schwer krank, sie liegt die meiste Zeit im Bett. Ich habe bereits alles an einem Investor verkauft und bleibe bis meine Frau Tod

ist, es war ihr Wunsch zu Hause zu sterben, für meine Rente ist gesorgt.
Es ist schade hier alles aufzugeben, wo es sich um ein Haus interessanter Vergangenheit handelte.

Vor hunderten Jahren wütete ein riesiger schwarzer Hund der die Menschen in Angst und Schrecken versetzte.
Mein Ur-Großvater tötete das Vieh als er kleine Kinder entführte und hier im Hof auffraß.

Als die Russen Oberstadt besetzten wurden im Hof Hinrichtungen durchgeführt und jetzt wird wieder gemordet."

Jetzt interessierte den Kommissar noch wer die Spieler denn seien?
Der Wirt schwieg zuerst dann bat er ihn zu verzeihen, denn er könne keine Namen verraten, er wolle keinen Ärger, weil diese „Leute" gehen über Leichen, wenn Ihnen jemand in die Suppe spuckt.
Im geheimen gab er ihm einen kleinen Hinweis, den Rest möge er selbst herausfinden.

Die sogenannten Spieler sind große Unternehmer, Politiker, Bankenchefs, und Spekulanten, ich weiß gar nicht so genau wem ich mein Lokal und Grund verkauft habe, aber ich habe mein Geld und Wohnung bereits erhalten, ich warte nur noch bis…

„Sie haben mir sehr geholfen!" sagte der
Kommissar und zog weiter.

6

Zwischenbericht

Der Kommissar erhielt soeben den Anruf von
seinem Assistenten, er habe wichtige interessante
Ergebnisse mitzuteilen.

Herr Oberst eilte also zu ihrem Stützpunkt „Zur
weißen Katze", wo er Herrn Konrad erwartete.

Als erstes begann er aus dem Pathologischen
Befund zu berichten:

Die Tote wurde erwürgt und dann mit dreizehn
Messerstichen übertötet, sie bekam von der
Messerstecherei nichts mehr mit.
Sie hatte außerdem vor der Tat
Geschlechtsverkehr, mit ziemlicher Sicherheit
keine Vergewaltigung, aber Sex mit zwei
verschiedenen Personen, das ergab die DNA.

Das Opfer könnte älter sein als im Ausweis
angegeben.

Er habe daher die angegebenen Daten überprüft und herausgefunden, dass es sich um eine andere Person handeln muss.

Wer war also Frau Susi Burgert wirklich?

Nun zu unseren Herrn Pfarrer Petrus alias Andreas Kowak:

Er ist vorbestraft wegen Drogenhandel und Drogenkonsums sowie wegen illegalen Waffenbesitzes.
Weiters ist er vorbestraft wegen Vergewaltigung vor seiner Priester Karriere, eine weitere Anzeige nach seiner Priesterweihe wurde zurückgenommen.

Die Spurensicherung fand keine Tatwaffe, also musste der Täter diese mitgenommen haben.
Diese Auskunft würde für das erste reichen.

Herr Oberst zog sich kurz zurück um zu überlegen, wie er weiter vorgehen wird.
Priorität wird sein die wahre Identität des Opfers festzustellen, vielleicht weiß der Priester mehr.

7

Der sündige Pfarrer

Herr Oberst fasste einen Plan, er gab Anweisungen
an seinem Assistenten und sie zogen zum
Kirchenplatz. Herr Konrad organisierte sich noch
einen weiteren Beamten, und ging zur
Pfarrerwohnung.

Vor dem Pfarrhaus gab er den Beamten die
Anweisung vor dem Haupttor zu läuten und
abzuwarten.
Er selbst ging zum Nebenausgang und wartete
ebenfalls.

Der Pfarrer sah aus dem Fenster und stellte fest,
dass ein Uniformierter vor der Türe stand, vor
lauter Panik verließ er die Wohnung und floh zum
Hinterausgang, wo Herr Konrad auf ihn wartete.
Er begrüßte ihn und bat den Pfarrer mitzukommen
denn in der Kirche würde jemand auf ihn warten.

Im dreizehnten Jahrhundert wüteten hier die
Husaren und haben in der Nachbargemeinde eine
Burg überfallen und alle die sich darin befanden

auf grausamste weise umgebracht. Es gab ein fürchterliches Gemetzel.

Aus den Blutgetränkten Steinen wurde dann diese Kirche erbaut.
Kein Wunder das hier ein bereits verurteilter Verbrecher die vielen schwarzen Schafe betreute.
Es konnte sich nur um einen Fluch über Oberstadt handeln.

Die beiden gingen durch die Kirche, kein Mensch außer ihnen war zu sehen und hören, es war gespenstisch still, nur ihre Schritte waren zu hören. Es war sehr gruselig, wenn man bedachte, dass unter dem Fußboden einst Würdenträger von Oberstadt begraben wurden.

Am Beichtstuhl angekommen, befahl Herr Konrad den Pfarrer sich zur „Beichte" zu bemühen.
Als er sich im Beichtstuhl hinkniete staunte er nicht schlecht, denn er bemerkte schnell, dass er nicht vor einem Kirchlichen Würdenträger kniete.

„Kommen wir gleich zur Sache!" sagte der Kommissar und reichte dem Geistlichen einen Becher.
Noch bevor er fragen konnte, was es mit dem Becher auf sich hatte, wurde er gleich aufgeklärt, dass die Gerichtsmedizin eine Spermaprobe benötigt, weil der Verdacht bestehe, dass seine Heiligkeit Sex mit der Ermordeten hatte und außerdem man vermutete, dass sie in gemeinsame kriminelle Handlungen verstrickt waren.

Herr Oberst machte den Pfarrer aufmerksam, dass
es sinnvoll wäre gleich zu gestehen, es würde das
ganze nur verkürzen und er würde sich viel
wertvolle Zeit ersparen, schließlich wolle er bald
Urlaub machen.

Wahrscheinlich kam es nach dem Sex zu einem
Streit der außer Kontrolle kam, weil die Ermordete
auch mit anderem Sex hatte, vermutlich mit einem
Drogendealer.

Während wir hier sind, wird ihre Wohnung
durchsucht und wir sind uns sicher irgendwas
Verdächtiges zu finden.
Der Pfarrer beteuerte seine Unschuld, er habe sie
Tod aufgefunden und sofort die Polizei
verständigt.
Herr Oberst lachte ihn aus und erklärte ihm das
Wahrheit und Lüge sich oft sehr nahestehen und in
diesen Fall sehr zusammengewachsen seien.
Er gebe zu, dass der Ort für ein Geständnis eher
ungewöhnlich sei, aber er ist nun mal ein flexibler
Mensch.

Nach dem der Pfarrer vor sich hin schwieg,
konfrontierte der Kommissar ihn mit weiteren
Details und fragte ihn ob er wüsste wer die tote in
Wirklichkeit sei, denn es könnte sein, dass sie sich
ihm anvertraute.

Er glaubte außerdem zu wissen das der Geistliche der letzte war, der mit der toten Kontakt hatte und mit ihr am Nachmittag telefonierte.

Pfarrer Petrus schwieg weiter. Jetzt reichte es Herrn Oberst und schlug vor die Befragung auf dem Polizeirevier fortzusetzen und es in eine „Peinliche Befragung" umzuwandeln, er wüsste sicher was er damit meinte.
Nun ließ er den Pfarrer abführen, er ließ ihm Handschellen anlegen und sie gingen durch die Stadt, das jeder sehen konnte was mit dem Geistlichen geschah. Die Befragung ging am Polizeikommando weiter.

Sie führten Ihn in einen einfachen Raum, darin stand ein Tisch und zwei Stühle, auf den Tisch stand eine Lampe und ein Mikrofon, an der Wand der berühmte Spiegel.

Er befahl den Pfarrer sich hin zu setzten und anfangen zu reden, wenn nicht werde er das Mikrofon abschalten und seinen Assistenten hinausschicken.
Er machte ihn aufmerksam das seine Geduld zu Ende sei und bisher noch jeden zum Reden bewegen konnte. Seine „Peinliche Befragungen" seien legendär, schmerzen zwar und sind strengstens verboten aber Mord ist auch verboten.

Der Priester fing an zu zittern, der Schweiß tropfte ihn von der Stirn, aber langsam fing er an vor sich hin zu stottern.

Er könne nicht viel sagen schließlich sei er ein
geweihter Pfarrer und er habe sich an das
Beichtgeheimnis zu halten, denn das ist in der
Katholischen Kirche das Heiligste.
Herr Oberst zeigte sich erbost über diese Aussage
und machte ihn mit lauter Stimme aufmerksam das
er das Zölibat auch nicht so genau nehme, er aber
glaube sich hinter dem Beichtgeheimnis
verstecken zu können, ein gewaltiger Irrtum sei.

Nun legte er einen Elektroschocker auf den Tisch.
Der vor ihn sitzender, mit Handschellen gefesselte
Pfarrer war erschrocken und er bekam es mit der
Angst zu tun, denn es schien als würde der
Kommissar ernst machen, weil er seinen
Assistenten hinausschickte und er das Mikrofon
ausschaltete.

Herr Konrad kam zurück und flüsterte Herrn
Oberst was ins Ohr. Nun bat er seinen Assistenten
einen Laptop zu holen und beide staunten nicht
schlecht was sie sahen.
Nun Herr Pfarrer, diesen Stick haben wir bei ihnen
gefunden. Hier steht als Überschrift „Teil 1", wo
ist der zweite Teil?
Erklären sie uns was das auf sich hat und erzählen
sie uns was passierte!
Er fragte ihn ob er seinen Assistenten wieder
hinausschicken solle oder er sein
Schweigegelöbnis aufgibt?

Der Pfarrer fing an zu erzählen, aber zuerst bat er das Mikro wieder einzuschalten und seinen Assistenten hier zu behalten.

Am späten Nachmittag war er noch bei ihr und sie hatten Sex.
Danach wollte sie wieder Geld für ihr schweigen, er sollte es besorgen, ansonsten ließ sie alles auffliegen.
Er musste noch mit dem Oberbürgermeister alles klären, schließlich wollte sie die wichtigsten Leute im Stadtrat erpressen und zwar um viele, viele tausende Euro, das Geld aus den Drogen war ihr anscheinend zu wenig.
Er sagte ihr zu nach dem Gespräch mit dem „Chef" sich bei ihr zu melden.

Es stimmte, dass er sie anrufen wollte, sie hat sich nicht gemeldet, also ist er in der Nacht zu ihr, die Tür stand offen, er hörte noch eine Tür im Stiegenhaus zufallen, aber es war niemand zu sehen, als er weiter in die Wohnung kam fand er sie Blutüberströmt am Boden liegen, er bekam die Panik, er schwört das sie bereits tot war, dann habe er nur nach Beweisen gesucht, sie hatte uns erpresst.
Als ich den Stick gefunden hatte bin ich verschwunden den Rest wissen sie bereits.
Nun interessierte den Kommissar noch was es mit den Drogen auf sich hatte und womit Fräulein Burger die „Leute" erpresst hatte?

Der Pfarrer erzählte weiter, dass er nur als Kurier der Drogen diente, das würde weniger auffallen, außerdem war das ganze vom Bezirks-Polizei-Kommandanten Herrn Sorger geduldet, da er zu diesen „Leuten" gehörte.

Über die Machenschaften was im Stadtrat geschah, war er nur Mitwisser, außerdem wurden die Entscheidungen immer im Vorhinein bei den regelmäßigen treffen im italienischen Restaurant „Rana Rossa" (roter Frosch) am Stadtplatz getroffen.

Neben den „Leuten" im Stadtrat waren außerdem der Bordellbesitzer und ein Italienischer Geschäftsmann dabei.

Wer Susi Burger in Wirklichkeit war, war auch dem Pfarrer ein Rätsel, sein Problem war nur, dass er wegen seiner Vergangenheit erpresst wurde und ob er wollte oder nicht, er nach denen Pfeife tanzen musste.

Alle weiteren Details sind auf den Stick, wer den zweiten Teil hat wusste er nicht, nur eines fügte er noch hinzu, dass er Angst habe, denn die „"Leute" sind gefährlich wie man sehen konnte, er wusste nicht, dass sie sogar über Leichen gehen. Es geht um viel Geld.

Der Kommissar ließ den Priester inhaftieren, da war er zumindest in Sicherheit.

Er glaubte nicht, dass er der Mörder sei, obwohl seine Vorstrafen eine andere Sprache sprachen, er vermutete das die Lösung des Falls der zweite EDV-Stick war.
Was den Inhalt des ersten Teils anging, das würde er Schritt für Schritt abklären.
Nun machte er sich wieder auf den Weg.

8

Die Beobachtung

Herr Oberst ging wieder durch die Stadt, mit dem
Ziel nach dem langen Verhör, sich einen Schluck
Hochprozentiges zu gönnen.
Er kam, wie sollte es anders sein im Zentrum der
Informationen, beim Würstelstand vorbei.
Natürlich machte er dort halt, denn er sah, dass
sein Lieblings Informant Herr „Leichen Fritz",
anwesend war.

Herr Fritz konnte es nicht erwarten endlich ein
Opfer zu finden, um seine Infos weiter erzählen zu
können, da kam ihm der Kommissar gerade recht.
Zwar hatte er vermutlich schon jemanden über die
Neuigkeiten erzählt, aber er hörte sich selbst gerne
reden und er wiederholte sich sehr gerne.

Nach dem Herr Oberst sich sein spezielles Getränk
bestellt hatte und sich gleich einen zweiten
bestellte, man verhört schließlich nicht jeden Tag
einen Sexsüchtigen und schwer kriminellen
Pfarrer, da fing sein neuer Freund zu erzählen an.

Er hatte wieder einmal eine sonderbare
Beobachtung gemacht.

Gegen acht Uhr früh, sie hatten eine spezielle
„Fuhre" etwas außerhalb der Stadt, da mussten sie
einen schwer Übergewichtigen aus den fünften
Stock abholen, also nahm er sich vier weitere
Männer mit, denn er durfte nicht schwer heben, der
Lift war zu klein und das Stiegenhaus sehr eng,
aber das ist Berufsalltag.

Einer hatte die Idee die Leiche aus dem Fenster zu
werfen, er war ohnehin schon Tod, seine Aushilfen
waren keine Profis und nicht gerade gebildet.

Ich versprach Ihnen jeden eine Kiste Bier vom
feinsten und schon waren alle motiviert den
Auftrag auszuführen.

Der Kommissar drängte den Leichenbestatter
endlich auf den Punkt zu kommen, er habe
schließlich nicht ewig Zeit.

Er erklärte Ihm, wenn man jeden Tag mit toten
Menschen zu tun hat, mache man sich keinen
Stress mehr.

Ich fuhr in die Stadt zum großen Supermarkt,
kaufte ein und belud meinen Wagen, da sah ich
den schwarzen Kapuzenmann vor dem Eingang
stehen, derselbe wie ich ihn vor der Kirche mit
dem Pfarrer sah.

Er verkaufte Zeitungen und sammelte Spenden
anscheinend für sich selbst, die Leute dachten sie
spendeten für ein armen, hungrigen Mann.

Plötzlich kam aus der Tiefgarage ein ungepflegter
junger Mann, ebenfalls mit Kapuze getarnt, auf
den schwarzen zu.
Er gab ihn ein Päckchen und er wickelte es
unauffällig in eine Zeitung ein, dann gab er den
Unbekannten eine Zeitung, wo er vorher ein paar
Geldscheine gab und der Mann verschwand.
Auch der schwarze machte sich auf den Weg,
wohin konnte ich nicht wissen, denn meine
Männer hatten Durst und ich musste mich
ebenfalls auf den Weg machen.

Herr Oberst bedankte sich für das Gespräch,
bezahlte eine Lokalrunde und ging seinen Weg.
Er beauftragte seinen Assistenten die Unbekannten
ausfindig zu machen, denn eines war sicher, dass
der schwarze Kapuzenmann mit hoher
Wahrscheinlichkeit mit dem Mord zu tun hatte.

Er ging noch einmal zurück zum Würstelstand,
denn ihm viel noch was Wichtiges ein, und
außerdem könne er sich noch schnell einen
Schluck genehmigen.
Er fragte die Anwesenden was es denn mit den
„Leuten" auf sich hatte, und wer wusste, welche
Personen dahinterstecken?

Keiner gab ihm eine Antwort, sie taten als ob
nichts wäre.

Mizi jedoch deutete dem Kommissar mit nach
hinten zu kommen, sie flüsterte ihm ins Ohr die
„Leute" in Ruhe zu lassen sie sind sehr gefährlich.
Ob man es glauben würde oder nicht, sie haben in
der Stadt das sagen, das sind Zustände wie in
Italien. Im Restaurant „Rana Rossa" ist die
Zentrale, da werden wichtige Entscheidungen
getroffen, danach gehen sie „Zum „schwarzen
Hund", der ihnen praktisch schon gehört, um zu
Pokern.
Bitte sagen sie nicht, dass ich ihnen etwas gesagt
habe, sonst können wir zusperren.

Herr Oberst versprach sie in dieser Angelegenheit
nicht zu erwähnen und verschwand.

9

Im Stadtamt

Als die beiden Kommissare auf den Weg von ihrer
Herberge zum Stadtamt waren, diskutierten sie
über die bisherigen Ermittlungsergebnisse.
Für Kommissar Konrad war es ganz klar das der
sündige Pfarrer die „Susi" getötet hat, weil sie Ihn
nachweislich erpresst hatte und dieses auf den bei
ihm beschlagnahmten Stick festhielt.

Herr Oberst wies ihn darauf hin, dass auch einiges
für den Oberbürgermeister sprechen würde, weil
schließlich auch er auf den Stick mit erdrückenden
Beweisen erwähnt wird und einige Dokumente die
ebenfalls für eine
Erpressung sprechen zu finden sind.

Er glaube das der „Kleingeistig - Geistige" ein
Bauernopfer sei, und er mit allen Mitteln die
Beweise verschwinden lassen wollte, den sonst
hätte er wohl keine Chance mehr in dieser
Konservativen Wüste, und im Allgemeinen in der
Kirche gehabt, und er jeden Preis dafür bezahlt

hätte, in dieser Position zu bleiben wo er sich befunden hatte. Mit seinen „Leuten" hätte er sicher eine Lösung gefunden aber dafür einen Mord verüben? Man hatte was die Vergangenheit uns lehrte, bereits für viel weniger gemordet.
Der Schlüssel wer den Mord verübt haben könnte wird sicher auf den zweiten Stick zu finden sein! Entweder war es ein Auftragsmord oder einer von den „Leuten" hat die Nerven verloren.

Nun wird es an der Zeit sich mit dem Herrn Oberbürgermeister zu unterhalten, das nicht einfach werden sollte, denn er habe einen sehr „sprunghaften Character".
Als sie vor den Eingang des Stadtamtes standen, bewunderten sie ein Fahrzeug, denn vor ihnen stand ein schnittiges Caprio mit einem dicken Stern. Wem das Fahrzeug wohl gehörte? Vielleicht verdienen die Beamten so gut oder ein fleißiger Stadtbewohner?

Sie gingen in die Höhle des Löwen. Beim Empfang wurden sie freundlich begrüßt. Die Dame am Empfang war sehr freundlich.
Bei ihr war der Schöpfer, was ihr Aussehen betraf, sehr großzügig. Groß, schwarz, schlank und was den beiden natürlich sofort ins Auge stach, ihr Oberkörper war prall gefüllt. Ihr Namensschild war daher gut zu sehen.
„Frau Marianne Glück" sprach der Kommissar sie an. „Sie wissen was passiert war"? Sie wirkte nicht sehr traurig, ein Gefühl von Gleichgültigkeit konnte man aus ihren Augen lesen.

„Was kann ich für die Kommissare tun?" fragte
sie. „Wir hätten gerne die Personalakte von Frau
Burger!", forderte Herr Oberst.
Sie verschwand in einem hinteren gelegenen Büro
und nach wenigen Minuten kehrte sie mit leeren
Händen zurück.
Sie erklärte ihnen diese nicht zu finden und hatte
keine Erklärung dafür. Nun wurden die Beamten
stutzig und wollten wissen wer aller Zugang zu
den Personalakten hätten? Frau Glück erklärte
ihnen das sich die Akten unter Verschluss
befanden und nur sie und der Oberbürgermeister
einen Schlüssel hätten. Wahrscheinlich wurde die
Akte vom Chef persönlich entnommen um die
Abrechnung durchzuführen.
Nun wollten die Kommissare wissen was sie von
der Verstorbenen alles wusste, denn laut ersten
Ermittlungen ist die Ermordete nicht Frau Susi
Burger,
vielleicht hat sie sich ihnen anvertraut.
Nun fing Frau Glück zu erzählen an:
„Sie kam eines Tages mit dem Chef und er stellte
sie mir als meine Vorgesetzte vor, sie wird in
Zukunft die Buchhaltung leiten, und ich habe
damit ab heute nichts mehr zu tun und das
Buchhaltungsprogramm ist ab sofort für mich
gesperrt.
Frau Burger hat Wirtschaftswissenschaft studiert
und wird alle Wirtschaftlichen Geschicke der Stadt
leiten.

Der Stadtrat hat das einstimmig abgesegnet und damit ist das Rechtsgültig.

Mir wurde der Job schon lange versprochen und ich habe mich seit Jahren darauf vorbereitet, ich bin abends zur Schule gegangen und mit Auszeichnungen meine Prüfungen abgeschlossen, auch weil mir der Bürgermeister die Stelle versprochen hatte. Nun kommt das Junge Fräulein daher macht allen schöne Augen und alles ist anders, ich bin jetzt nur mehr Empfangsdame und darf den ganzen Tag freundlich die Bürger vertrösten, wenn der Herr des Hauses wieder mal „Unterwegs" ist um seine dubiosen Geschäfte zu machen, er dachte ich bekomme das nicht mit, da hat er sich getäuscht, übrigens seine Susi hatte er fast immer mit dabei.

Ich hätte diese Schlampe umbringen können!".

Die Beamten stoppten nun die Aussage und Herr Konrad sagte zu Ihr.: „Genauso eine Aussage sollte man in Gegenwart der Polizei nie tätigen!"

„Es wird nun Zeit sich um den Oberbürgermeister Sulzer zu kümmern, übrigens haben wir eine Verdächtige mehr."

Frau Glück machte die Kommissare aufmerksam das der Bürgermeister nicht zu sprechen ist und sie einen Termin brauchen würden. Sie sagten nur dass sie schon mehr gelacht hätten.

Ohne zu klopfen gingen sie in sein Büro wo Herr Bürgermeister sie nicht gerade freundlich empfang und nur darauf hinwies jetzt keine Zeit zu haben

und er ohnehin keine verwertbare Auskunft über
das Ableben der Susi Burger machen könnte denn
sie war ja nur eine Angestellte und ihr Privatleben
ihm nicht zu interessieren hatte.

Herr Kommissar Oberst blieb wie immer sehr
gelassen, wie oft hatte er in der Vergangenheit mit
skrupellosen intriganten schon zu tun und so viel
er „mit der Tür ins Haus" und fing mit seinen
Fragen an.

„Gehört das Cabrio Ihnen?"
„Ja, ich habe von meiner Tante geerbt."
„Wo waren sie zur Tatzeit?"
„An diesen Tag hatten wir Hochzeitstag gefeiert,
meine Frau und Kinder können das bezeugen!"
„Welches Verhältnis hatten sie wirklich zur
Ermordeten?"
„Rein Beruflich."
„Wo ist die Personalakte von Frau Burger?"
„Die hat unser Steuerberater zwecks Abrechnung."
„Wo haben sie Frau Burger kennen gelernt?"
„Bei einen Geschäftstreffen in Wien."
„Warum haben sie Frau Burger eingestellt?"
„Ich suchte einen Profi."
„Könnte es sein, dass sie mit Frau Burger ein
sexuelles Verhältnis hatten?"
„Ich bin glücklich verheiratet und habe Kinder und
noch dazu einen sehr Stressigen,
verantwortungsvollen Beruf, das kann ich mir

nicht leisten, außerdem habe ich als Bürgermeister
ein Vorbild zu sein und ich bin eine sehr treue
Seele."
„Haben sie ein Schwarzgeldkonto im Ausland?"
„Natürlich nicht!"
„Wieviel verdienen sie im Monat?"
„Der Einwohnerzahl entsprechend."

Der Kommissar grübelte ein wenig und stellte die
unbedingt notwendige frage, ob er ihn vielleicht
für dumm verkaufen wolle, schließlich haben sie
einige Beweise die vieles widerlegen würde, zum
Beispiel einen Computer Stick.

Herr Oberst sagte zum Bürgermeister:
„Ich und mein Assistent werden Ihnen Ihre jetzt
getätigte Aussage widerlegen.
Ich bin mir sicher, dass ihr Verhältnis zur Frau
Burger mehr als nur Beruflich war, daher werde
ich eine DNA-Probe veranlassen und ich werde
Beweisen das sie am Tatort waren, denn ein
Augenzeuge hat einen Mann gesehen dessen
Beschreibung genau zu ihnen passt, außerdem die
Ehefrau als Alibi interessiert weder die Polizei
noch das Gericht und von ihren Kindern als Alibi
wollen wir erst gar nicht sprechen."
Langsam wurde der sonst redefreudige
Oberbürgermeister still und sein Gesicht verfärbt
sich allmählich rot.
Weiters fordert der Kommissar den Verdächtigen
Bürgermeister auf schön langsam zu reden, denn
sie werden ohnehin alles aufdecken, es wird nur

ein wenig länger dauern, wenn er vor sich dahin
schweige.

Herr Oberst sprach weiter:
„Wie sie mitbekommen haben, spielt mein
Assistent die ganze Zeit mit seinem Handy, nicht
um irgendwelche Geschicklichkeit Spiele zu
spielen, sondern er ist mit dem Zentralcomputer
verbunden und überprüft alle ihre Angaben. Wir
sind mit allen Ämtern sehr gut vernetzt!
In Windeseile haben wir alle Daten die wir
benötigen um kleine oder große lügen zu
widerlegen."

Herr Konrad stellte fest, dass das Fahrzeug
keineswegs eine Erbschaft war, sondern laut
vorliegenden Dokumenten kein normaler Kauf, ob
ein Betrug mit ihren Parteifreund Herrn Stern
dahinterstecke, werde sich bald herausstellen. Er
habe bereits eine Hausdurchsuchung bei seinem
Freund angeordnet.
Laut beschlagnahmten USB-Stick Nummer eins,
steht geschrieben das es sich um einen Betrug
handle, auch die dazugehörigen Dokumente sind
darauf gespeichert.

Der Bürgermeister wurde nun zornig und fing zu
schreien an: „Was fällt ihnen ein, das ist alles aus
der Luft gegriffen, ihr könnt mir gar nichts

beweisen, meine Rechtsanwälte werden euch in der Luft zerfetzten!"

Die Kommissare waren ganz ruhig, denn sie wussten was auf ihnen zukommen werde und haben bereits vorgesorgt. Herr Konrad öffnete die Tür und drei Beamte kamen herein und nahmen Herrn Bürgermeister Sulzer fest, und sie legten ihm Handschellen an.

„Nun machen wir einen kleinen Spaziergang zum Polizeiposten, bis dahin haben sie Zeit zum Nachdenken, und die Bürger sehen sie ganz sicher zum letzten Mal, ich glaube nicht, wenn sie ihre Haft abgesessen haben, dass sie dann noch jemand sehen möchte." Mit diesen Worten verließen sie das Amt.

Bei der Polizei angekommen wurde er in den „Verhörraum" gebracht wo er nun weiter befragt wurde, denn da war noch einiges zu klären.

Die Beamten ließen ihn schmorren und sie ermittelten auf Hochtouren um die nötigen Beweise zu finden um nachzuweisen das er der gesuchte Mörder sei.

10

Die gekaufte Frau

Nach dem viele Stunden vergingen und die beiden
Kommissare gründlich Ermittelten war es nun an
der Zeit den Bürgermeister zu einem Geständnis
zu zwingen, denn sie dachten nun genügend
Beweise gesammelt zu haben.

Sie gingen in den Verhörraum, am Tisch saß Herr
Sulzer und bat ob er nun endlich seinen
Rechtsanwalt anrufen darf, schließlich habe er das
recht dazu, außerdem sei er unschuldig und der
Irrtum wird sich bald aufklären.

Leider war sein Rechtsanwalt auf Urlaub und sie
fingen mit dem Verhör ohne seinen Rechtsbeistand
an, Herr Sulzer war damit einverstanden denn er
hätte nichts Rechtswidriges getan.

Herr Konrad legte nun die Fakten auf den Tisch
und konfrontierte ihm mit den momentan
vorliegenden Ergebnissen.

„Die Vorwürfe über Ihre Finanzielle
Machenschaften sind noch nicht einwandfrei
geklärt aber glauben sie mir, das sei nur eine Frage
der Zeit.
Wir sind hier um den Grausamen Mord
aufzuklären und da schaut es für sie sehr schlecht
aus, es wäre in ihrem Interesse jetzt gleich zu
gestehen, das erspart uns viel Zeit.
Natürlich haben wir ihr Alibi überprüft, aber wie
ich ihnen schon sagte, es ist nicht viel wert, zwar
bestätigt ihre Frau noch das sie zu Hause waren,
aber ich bin sicher, wenn wir ihr mitteilen das sie
eine sexuelle Affäre mit der Ermordeten hatten
wird sich ihr Alibi in Luft auflösen.

Wie erklären sie sich das Ihre DNA an der Toten
zu finden war und nicht nur in Form von Sperma"?

Jetzt fing der Verdächtige zu schwitzen an und
erzählte Ihnen das er am Nachmittag noch bei ihr
war und sie hätten seinen Hochzeitstag ein
bisschen vorgefeiert und als er ging lebte sie noch
und erzählte ihm das sie noch einen Besuch
erwartete. Wer das gewesen sei, sagte sie ihm
nicht.
Danach war er nach Hause gefahren und feierte
mit seiner Frau.

„Sie sagten aus, die Personalakte sei bei ihrem
Steuerberater? Es gibt keinen Steuerberater für die
Stadtgemeinde. Ich frage sie noch einmal, wo ist
die Personalakte? Wir wissen das die Tote nicht

Frau Burger ist, sondern sie muss eine andere
Identität angenommen haben.
Wer ist Frau Susi Burger wirklich"?

Der Bürgermeister erzählte weiter:
„Es gibt tatsächlich keine Personalakte, es gibt
nichts Schriftliches, sie existiert offiziell nicht auf
dem Papier. Sie ist weder versichert noch sonst
irgendwas, sie wird von mir Finanziert und nichts
weiter, sie ist ein sogenanntes U-Boot."
Der Kommissar fragte ihn ein letztes Mal: „Wer ist
Frau Susi Burger???"

Nun schnappte das Stadtoberhaupt tief nach Luft
und erzählte eine schier unglaubliche Geschichte:

„Wir hatten Geschäftlich in der Bundeshauptstadt
zu tun. Wir waren eine Gruppe aus
Geschäftsleuten die auch in unserer Stadt Politisch
zu tun hatten, also der harte Kern des Stadtrates.
Als wir unsere Geschäfte abgeschlossen hatten
gingen wir in eine Nacht-Bar und ließen es so
richtig krachen. Champagner floss wie in Kübeln
und die Damen die uns mehr als schöne Augen
machten, waren auch nicht von schlechten Eltern.

Eine davon hatte es mir sehr angetan und wir
verschwanden in ihrem Zimmer, wo wir es fast die
ganze Nacht nicht Jugendfrei trieben.

Nach dem angenehmen Geschäft kam der Lokalbesitzer und lud mich auf einen Trink ein und lobte meinen guten Geschmack.

Als wir so dahin plauderten und tranken kam mir eine fantastische Idee. Ich wollte wissen was die Kleine den kostet, denn ich wollte mir das Spielzeug mit nach Hause nehmen, unter dem Motto: „Man gönnt sich ja sonst nichts."

Nach langen hin und her einigten wir uns auf einen Betrag. Da es schon sehr früh war lief ich schnell zur Bank und holte das Geld.

Ich bezahlte und bekam Ihren Pass und nahm das Mädchen mit.

Ich wusste nicht wer sie wirklich war, ich hatte ihren Pass, alles andere war mir egal, außerdem hatten der Wirt und ich einen Kaufvertrag abgeschlossen.

Von Umtausch war keine Rede, ich akzeptierte es so wie es war und ist.

Ich hatte mein Spielzeug und sie wusste was ich wollte.

Ich wusste nicht, dass sie Kriminell sei und außerdem das sie mit Drogen handelte und es mit anderen trieb, das muss sich irgendwie so ergeben haben, es ist außer Kontrolle geraten, weil sie nicht nur mich, sondern alle anderen erpresst hatte.

Sie wurde immer gieriger, mischte sich überall ein und verdiente überall mit. Ohne ihr konnten wir keine Entscheidungen mehr treffen, sie hatte uns in der Hand, wir mussten nach ihrer Pfeife tanzen,

denn sie konnte alles auffliegen lassen und uns alle
fertig machen.
Nebenbei holte sie sich ihren Pass zurück, so
bekam sie die Freiheit wieder zurück und wurde
noch gefährlicher.

Wir ließen sie walten den wir verdienten so auch
nicht schlecht, aber ich wusste das ich ein teures
Spielzeug angeschafft hatte, dass ich wohl nicht so
schnell loswerde, obwohl ich mit dem Zuhälter
hierorts bereits verhandelt hatte, der andeutete das
ihm die Susi bekannt war und er wohl nicht mit
dieser „Ratte" ins Geschäft kommen werde.
Ich habe sie nicht umgebracht!!!
Ich gestehe meine Betrügereien aber ich habe sie
nicht getötet."

Die beiden Polizisten staunten nicht schlecht,
welch interessante Geschäfte hier gemacht wurden.
Herr Oberst teilte ihm mit das er auf jeden Fall in
Gewahrsam genommen werde und er nach wie vor
zu den Hauptverdächtigen gehörte und er in
Untersuchungshaft bliebe.
Die Kommissarc wussten zwar jetzt das die Susi
eine Prostituierte mit falscher Identität war, aber
wer hat sie umgebracht? Wer war sie wirklich?

Nun hatten sie einen Verdächtigen mehr und der
Kommissar befürchtete das noch welche dazu
kommen werden und er setzte wie immer auf Zeit.

Er gab seinen Assistenten den Auftrag den Bürgermeister weiter zu verhören um herauszufinden wer die anderen Leute waren. Vielleicht befindet sich der Mörder unter den sogenannten „Leuten" denen die Susi gefährlich worden war, oder es war einer von den bereits Verhafteten.

Der Assistent sprach es nicht aus, sondern dachte sich nur, wenn man sich so ein kompliziertes Spielzeug besorge, sollte man sich die Handhabung genau erklären lassen oder sich die Gebrauchsanweisung sorgfältig durchlesen.

11

Die Millionen

Der Kommissar machte sich auf den Weg und
besuchte wieder einmal das Würstelstand wo er
sich wie gewohnt ein Geistliches Infektionsmittel
bestellte, das er sich nach dieser Befragung
verdient hatte.
Natürlich waren seine Informanten vor Ort, der
Bestatter und natürlich Jo, der Wirt.
Die beiden fragten ihn fast zeitgleich ob er den
jemanden suchte, einen verdächtigen zum
Beispiel?
Herr Oberst wusste was die beiden wollten und
bestellte gleich eine Runde um das ganze
abzukürzen, dann erzählten sie ihm, dass sie den
gesuchten dunkelheutigen Kapuzenmann gesichtet
hatten, der im Hinterhof „Zum Schwarzen Hund"
verschwand und noch nicht herausgekommen war.
Der Kommissar trank aus und verschwand ebenso
im Hinterhof des Wirtshauses.

Er holte sich Verstärkung und sie durchsuchten das ganze Gebäude inklusive Außenanlage, doch der verdächtige war nicht aufzufinden. Sein fluchen war in der ganzen Stadt zu hören, er ärgerte sich, weil ihm dieser kleine Kapuzenmann entkommen war.

Nun gab er den Befehl jede Ecke und jede Straße zu kontrollieren, sie mussten den Verdächtigen unbedingt finden da er glaubte der Gesuchte könnte der Mörder sein. Streit um Drogen und Geld wäre das Motiv oder er wurde beauftragt sie zu töten. Die „Leute" könnten den Auftrag dafür gegeben haben.

Er befahl seine Kollegen in der Landeshauptstadt, dort wo er eine Wohnung mit anderen besaß, Druck auf seine Mitbewohner auszuüben, denn irgendjemand wusste sicher wo er untergetaucht war, weiters wies er an nach dem Gesuchten per internationalen Haftbefehl zu fahnden.

Herr Oberst ging zurück zum Würstelstand und trank noch einen bevor er sich um die Finanzen der Verdächtigen kümmern wollte.

Herr Konrad kam ebenfalls und beide führte der Weg in die BAA (Bank für Arbeiter und Angestellte). Sie erkundigten sich ob Susi Burger Kunde war.

Der Bankdirektor war sehr freundlich und ohne zu zögern, gab er ihnen genauestens Auskunft.

Er erklärte ihnen anhand der Auszüge genau die Kontobewegungen, die wie folgt gebucht wurden:

Am ersten des Monats kam von einem Konto aus
Lichtenstein der Monatslohn, etwa 2000 Euro,
dieses Geld wurde dann auf ein Konto der BBU
(Bank für Bauern und Unternehmer) überwiesen,
interessanter weise gab es so viel wie keine Bar
Abhebungen, das ist alles was der Direktor Ihnen
sagen konnte.

Die beiden Kommissare ließen sich alle
verfügbaren Kontobewegungen Ausdrucken und
wussten ganz genau wem sie als nächstes
besuchten.

Nun gingen sie zur BBU-Bank, wo sich der
Direktor nicht gerade freundlich und
auskunftsbereit zeigte, nur nach Androhungen die
Bank zu schließen und gründlich zu durchsuchen,
gab der Pedantische Banker endlich nach.
Er zeigte ihnen die Kontoauszüge der letzten Jahre.

Er sei nur dazu da, die Wünsche seiner Kunden zu
erfüllen, soweit es ihm möglich wäre.
Die Kommissare teilten ihm mit, dass er einen
Erklärungsnotstand hätte, und sie gerne wüssten
wohin das Geld der Verstorbenen floss, das sie laut
Auszüge Bar einzahlte.
Aus der Situation wurde eine angeregte
Unterhaltung und die Emotionen gingen hoch, bis
einer der Polizisten die Handschellen zückte.

Nun wurde der Direktor doch gesprächiger und erzählte Ihnen, dass das gesamte Geld ins Ausland transferiert wurde, wo sich eine beachtliche Summe bereits angesammelt hatte.

Nun wollten sie wissen wie es mit den Finanzen des Bürgermeisters aussah?
Der Banker fing an zu stottern, er wusste mit den beiden ist nicht zu spaßen und er war sich bewusst das sein Kopf bereits in der Schlinge sich befand und er nur mit Kooperation vielleicht mit einem blauen Auge davonkommen könnte, da gestand er ihnen folgendes;

Woher das Geld der Frau Burger stammt konnte er nur vermuten, sie erpresste uns alle und handelte so nebenbei mit Drogen, sie wusste über uns allen Bescheid, über unsere dunklen Geschäfte, unsere sexuellen Ekstasen und unser Glückspiel, es war für sie, und er vermutete, dass sie einen Komplizen hatte, der sie mit Drogen versorgte, schön langsam zu gefährlich wurde. Es könnte sein das ihr Verbrecherischer Partner die Panik bekommen hatte und sie daher beseitigte.
Wir haben ihr immer gesagt, dass sie so viel Geld bereits „gespart" hatte das es für ein ganzes Leben reichen würde, doch sie wurde immer gieriger.
Kein Wunder, wenn jemand die Nerven verlor und sie eiskalt tötete oder töten ließ. Für einige von den „Leuten" ging es um mehr als nur Geld, hier ging es um Existenzen!

Nun wollten die Polizisten noch wissen wie es mit den Finanzen des Herrn Oberbürgermeisters bis dato stehen würde und versprachen den Herrn Bankdirektor, wenn er weiter mit ihnen kooperieren würde es positiv über sein Strafausmaß ausgehen sollte, denn eines war sicher, dass er sicher nicht umsonst für die „Leute" gearbeitet hätte.

Er gab zu das er nicht nur Mitwisser über die ganze Causa war, sondern auch bei gewissen Betrügereien ein Zubrot verdient hätte. Auch er bezahlte Schweigegeld an Frau Burger, aber er hatte sie nicht umgebracht und auch nicht töten lassen.

Er hatte für den Bürgermeister die Förderungen vom Land, Bund und EU, die großzügig an die Stadt überwiesen wurden brav auf ein Konto über Umwegen nach Lichtenstein überwiesen. Einen Teil bekam Herr Huber von der Ortsansässigen Huber Bau GmbH, und ein bisschen bekam der Pfarrer, das Geld war eigentlich für die Kirche, aber der Pfarrer konnte so seine Sexsucht befriedigen.

Alle anderen Mitwisser wurden vom Bürgermeister bar ausbezahlt, um keine weiteren verdächtigen Spuren zu hinterlassen, denn diese konnten keine fingierten Rechnungen stellen.

Man merkte es dem Bankdirektor an das er erleichtert war, es tat ihm gut in seinem Büro alles ausgesagt zu haben und nicht im Verhörraum wo man ihm wie einen Schwerverbrecher ausgequetscht hätte.

Er fasste zusammen, dass einige Millionen verschoben wurden, und die „Leute" noch einiges vorgehabt hätten das in wenigen Jahren keiner mehr hätte arbeiten müssen, weil jeder genug Geld angesammelt hätte.

Es wäre alles gut gelaufen, wenn nicht die Burger Susi noch gieriger geworden wäre und dieser schreckliche Mord passiert wäre.
Die Gier kann tödlich sein!
Die Beamten taten das, was sie tun mussten und nahmen den Bankdirektor mit, er sei verdächtigt Frau Burger ermordet zu haben, die Unschuld muss noch geklärt werden.

Weiters mussten sie ihn ohnehin in Haft nehmen, weil er betrügerische Handlungen getätigt hatte und diese zu seinem Vorteil bereits gestanden hatte.
Für diese vergehen würde er dann dem Betrugsdezernat überstellt werden.

Sie ließen ihn abholen und Herr Oberst ging wie immer seinen Weg zu Jo und seinen Freunden.

Nach den Anstrengenden Ermittlungen wurde es
an der Zeit für ein Destillat, also einer geistigen
Stärkung.

12

Die Immobilien und die Sterne

Nun wurde es an der Zeit sich die nächsten
Verdächtigen vorzuknüpfen, die auf Grund der
getätigten Aussagen, und wegen der Daten vom
gefundenen Speicher-Stick, einen Grund zu dieser
grausamen Tat hätten.

Bevor Herr Oberst sich auf den Weg machte viel
ihm vor dem Würstelstand ein nicht gerade
unauffälliges Fahrzeug mit Sizilianischen
Kennzeichen auf, ausnahmsweise war auf dem
roten Gefährt kein Stern, sondern ein Pferd. Den
Preis wollte er nicht wissen, bestimmt würde man
ein Einfamilienhaus dafür bekommen.

Es ließ ihm keine Ruhe und er ging zurück zum Jo
und erkundigte sich nach dem Halter dieses
fahrenden Pferdes.
Herr Jo erzählte ihm das dieser Herr seit kurzer
Zeit sich in der Stadt befände und er regelmäßig
zwischen den Italiener und den „Schwarzen Hund"
pendelte. Laut seinen Informanten soll er sich
öfters im neu eröffneten Freudenhaus aufhalten,
und sich den Spaß einiges kosten lassen würde.

Zufällig war auch Herr „Leichen Fritz" anwesend und er fügte hinzu, dass er sich auch mit den „Leuten" traf und er hätte erfahren, dass er an den geheimen Pokerrunden teilnahm.

Dem Kommissar wurde klar, dass er sich das Italienische Bürschchen vorknüpfen müsse, den so wie die Sachlage sich darlegte, könnten sich hier Italienische zustände abzeichnen, die unverzüglich zu unterbinden wären. Er wusste das weitere Ermittlungen notwendig waren, schließlich könnte der Sizilianer mit dem Verbrechen verwickelt sein.

Er gab seinen Assistenten, der gerade zu ihm traf, den Auftrag sich um die Angelegenheit zu kümmern

Nun führte sie ihr Weg zum Baumeister der Stadt um ihm zu den Ergebnissen der Ermittlungen zu konfrontieren.

Sie betraten das Areal des einzigen Bauriesen der Region und legten gleich mit der Befragung los. Herr Huber bestritt mit der Sache nichts zu tun zu haben und er wies darauf hin, dass es keinen einzigen Beweis gäbe.

Herr Konrad übernahm die Befragung und erklärte, dass es eine Zeugenaussage vorläge, die für eine Festnahme reichen. Weitere Daten würden derzeit ausgewertet, die Beweisen werden das hier mit fingierten Rechnungen sehr viel Geld verschoben wurde.

Auf einen bereits gefundenen Stick befanden sich Dokumente die belegen, dass sie das Haus vom Besitzer des Wirtshauses „Zum Schwarzen Hund", und natürlich die gesamte Immobilie um einen spotpreis gekauft hatten und es der Stadt mit Zustimmung des Bürgermeisters überteuert weiterverkauften und außerdem noch an weitere Gewinne an Vermietung in Zukunft beteiligt sein werden, sowie die sogenannten Investoren. Diese Investoren sind alle die zum Club „Die Leute" gehören.

Herr Huber war nicht sehr kooperativ und stellte fest, dass diese Zeugenaussagen nur eine Erfindung seien um ihm und seine seriöse Firma in den Schmutz zu ziehen, und um sich selbst zu bereichern. Sie sind es ihm nicht vergönnt gute Geschäfte zu machen, der Neid hat sie verrückt gemacht.

Sie hatten die Susi dazu benützt ihn fertig zu machen, es ist alles nur erlogen, die angeblichen Daten sind gefälscht und eines klar zu stellen, „Die Leute" so wie wir genannt werden ist ein Stammtisch der hier ansässigen Wirtschaftstreibenden. Die Bezeichnung „Die Leute" ist eine Erfindung der neidigen, die selbst nichts zu Stande brachten.

Außerdem habe er ein glaubhaftes Alibi
vorzuweisen.

Nun wurde es den Beamten zu bunt und stellten
eines klar, so wie die Sachlage sich darstellt, hätten
sie im Falle das sie auffliegen alles zu verlieren.
Ihre Firma, ihre Ehe und alles was sie sich
aufgebaut hatten bevor sie kriminell wurden.

Sie hätten also genug Gründe die Frau Burger aus
dem Weg zu räumen oder jemanden dazu
anzustiften, die Ermittlungen würden das klären.

Sie sind auf jeden Fall verhaftet, momentan wegen
Betruges und sie sind verdächtigt Frau Susi Burger
ermordet zu haben, oder jemanden angestiftet zu
haben. Ihr Alibi werden wir überprüfen, sie
bleiben aber in Haft, das Betrugsdezernat wird sich
zeitnah mit ihnen beschäftigen.

Nun wurde auch er Inhaftiert und wie es sich
abzeichnet, wird er nicht der letzte sein, der Sack
an Verdächtigen füllt sich, das nicht unbedingt ein
Vorteil sein werde.

Die beiden besuchten nun den Hellsten Stern, die
Firma Auto Stern, sie waren schon gespannt was er
ihnen erzählen werde, den auf den Stick befanden
sich Beweise für Betrugs.

Herr Konrad hatte sich mit seiner Buchhalterin unterhalten, die hat nachdem der Bürgermeister inhaftiert worden war, zusätzlich die Buchhaltung überprüft, weil sie Verdacht schöpfte, und mit dessen kriminellen Machenschaften nichts zu tun haben wollte. Mit dieser Erkenntnis wollten sie nun Herrn Stern konfrontieren, und es wäre keine Überraschung, wenn der Autohaus Besitzer der nächste Verdächtige sein würde den sie zu den anderen in den Sack stopfen würden.

Als Herr Stern die beiden Beamten sah, wollte er gerade am schönsten Nachmittag sein Geschäft schließen und sich aus dem Staub machen. Die Beamten waren schneller und stellten ihn. Sie fingen sofort mit der Befragung an.

Man teilte ihm die ersten Ermittlungsergebnisse mit wo sie ihm beschuldigten mit dem Bürgermeister krumme Geschäfte getätigt zu haben.

Er versuchte sich herauszureden und er wäre sich keiner Schuld bewusst, sie wären es ihm nicht vergönnt gute Geschäfte zu machen und schließlich zahle er brav seine Steuern.

Nun kamen sie zum punkt und fragten ihn wo der neue Klein LKW für die Stadtgemeinde hingekommen sei?
Er wurde etwas verlegen und hatte prompt eine Ausrede parat. „Das Fahrzeug sei bei der

Überstellung vom Werk zu uns verloren
gegangen."

Nun wurde es Zeit für den bösen Bullen
einzuschreiten und Herr Oberst konnte durchaus
sehr unfreundlich sein.

Er legte ihm Belege vor wo eindeutig hervor ging,
dass statt eins neuen Nutzfahrzeugs für die
Stadtgemeinde ein kurz vor der Verschrottung
gestandenes Fahrzeug geliefert wurde. Aus der
Differenz, das waren nicht wenige Euro, wurde ein
Sportwagen an den Bürgermeister geliefert. Dem
nicht genug. Er verdiente an diesen Deal nicht
schlecht, weil er dafür einen fünf stelligen Euro
Betrag erhielt, kein Wunder das Autoverkäufer
einen schlechten Ruf haben.
Es lohnte sich beim Club „Die Leute" zu sein!

Herr Oberst weiter:
„Leider ist ihnen Frau Burger auf die Schliche
gekommen und hat sie erpresst. Dazu kam noch
der Deal mit der Immobilie „Zum Schwarzen
Hund", wo sie den Wirt über den Tisch gezogen
haben, auch diesen Beweis werden wir noch
bringen.

Sie und ihre Amigos hatten sich in dieser Stadt
eine goldene Nase verdient, wahrscheinlich wäre
das so weitergegangen, aber einer von euch hat die

Nerven verloren, und die gierige Frau ermordet, oder den Mord in Auftrag gegeben!

Schließlich hätten auch sie viel verloren, wenn Susi ausgepackt hätte, wir sind uns sicher das am zweiten Stick noch viele andere Betrügereien zu finden sind.
Das mit ihren Betrügereien ist die eine Sache, aber Mord ist eine andere Dimension.

Wir hätten uns von Ihnen Herr Stern mehr Zusammenarbeit erhofft, schließlich gibt es auch noch ein Leben nach der Haft. Ein Geständnis könnte diese Zeit jedoch verkürzen. Überlegen sie sich das Ganze."

Sie ließen Herrn Stern abholen und inhaftieren. Herr Konrad machte sich auf den Weg um weitere Beweise einzuholen, Zeugen zu befragen und Alibis zu überprüfen.

Herr Oberst ging seinen Weg wie immer zu Jo um sich sein Destillat zu gönnen, was er sich schwer verdient hatte.

13

„Rana Rossa"

Nach einer schlaflosen Nacht wurde Herr Oberst
bald in der Früh von seinem Vorgesetzten
geweckt, mit der Aufforderung endlich einen Täter
zu präsentieren.

Er könne die Presse nicht mehr länger auf Distanz
halten und er brauche Ergebnisse, schließlich hätte
auch er seine vorgesetzten zu informieren und man
verlange auch von ihm beste Leistungen.

Er gebe ihm eine kurze Frist, sollte er bis dahin
keinen Täter präsentieren, bliebe ihm nichts
anderes übrig als einen neuen Kommissar zu
schicken, der mit der Situation besser umzugehen
vermag.

Nach diesem Gespräch schien es als ob er nun
seinen leicht angehauchten schwarzen Humor
verloren hätte und er zitierte seinen Assistenten
sofort zu ihm zu einen Krisengespräch.

Bedauerlicher weise konnte auch sein Assistent nichts Gutes berichten, denn bei der Überprüfung der Alibis konnte man Herrn Huber und Herrn Stern als Haupttäter ausschließen. Bewiesen ist aber noch nicht ob sie den Mord in Auftrag gegeben hätten. Dies sei aber kein Problem, denn von einer Haftentlassung sei auf Grund der Beweise wegen Betrugs nicht anzudenken.

Er fasste weiter zusammen, dass der Pfarrer absolut kein Alibi hat, und der Oberbürgermeister ein wackliges Alibi hätte, man aber es zur Kenntnis nehmen müsste. Beide hätten aber ein eindeutiges Motiv. Man müsse sich vorstellen Frau Burger hätte sie auffliegen lassen, sie hätten alles verloren, der hier entstandene Hass würde wohl grenzenlos sein, daher auch diese grausige Hinrichtung.

Weiters fügte er hinzu, dass man die Frau des Wirtes noch immer nicht überprüft hätte, dass ein Ermittlungsfehler sei. So habe er es in seiner Ausbildung nicht gelernt.
Herr Oberst versprach ihm dem nachzukommen und erkundigte sich nach den Fahndungsergebnis von dem Kapuzenmännchen.

Herr Konrad beruhigte Ihn und er erzählte ihm, dass sie dem Burschen schon sehr nahe seien, und seine Mitbewohner wegen Drogenverkauf inhaftiert wurden, man hatte ihnen Hafterleichterung versprochen, wenn sie sein

versteck preisgeben, es würde also nicht mehr
lange dauern.

Herr Oberst freute sich darüber zu hören,
schließlich ist für ihm der Kapuzenmann der
Hauptverdächtige, denn Drogensüchtige seien
unberechenbar.

Nun ging er mit seinen Assistenten den üblichen
Weg zum Würstelstand, denn nach diesen bösen
Morgen brauchte er wieder ein Getränk um seinen
Kopf zu reinigen.

Jo wollte wissen wie es mit den Ermittlungen
stand? Man hörte man habe fast den gesamten
Gemeinderat verhaftet? Herr Oberst stellte fest,
dass die Menschen gerne zur Übertreibung neigen.

Herr Konrad hatte soeben telefoniert und teilte
seinem Chef mit er wüsste nun wer der Sizilianer
sei, ein gewisser Antonio Ravioli, angeblich ein
Sizilianischer Geschäftsmann.

Jo hörte das und erzählte ihnen das der Italiener
soeben ins Italienische Lokal ging. Ins „Rana
Rossa"! Herr Oberst fragte was denn das für ein
seltsamer Italienischer Name sei?
Jo klärte ihn auf, das heißt roter Frosch, der Name
kommt daher das vor langer Vergangenheit die
Vorbesitzer einen Streit um eine Frau hatten, die

Brüder hassten sich so sehr, dass einer den anderen mit einem giftigen Pfeil umbrachte, das Gift kam von einem Frosch.

Die beiden machten sich auf den Weg, dort angekommen saßen drei zwielichtige Personen auf einen Tisch, der Wirt war sehr freundlich bat ihnen einen Platz an ihren Tisch an und brachte eine Flasche Grappa und fünf Gläser. Der Kommissar war sehr erfreut aber sein Assistent lehnte ab, schließlich sei er im Dienst, was aber niemanden Interessierte, und er sich doch auf einen Drink überreden ließ.

Sie begannen mit der Befragung, anders als bei den Anderen, ging es sehr locker zu, sie drängten sich förmlich auf, um Antworten zu geben.
Sie wollten wissen ob das hier die Zentrale ist von dem Club „Die Leute", die hier in der Stadt das sagen haben? Wer gehört hier dazu?
Der Wirt lachte, und erzählte: "Wenn sie alle meine Stammkunden verhaften kann ich bald Konkurs anmelden!
Wir sind kein Club, wir sind eine Wirtschaftliche Interessensgemeinschaft.
Welche Geschäfte hier gemacht werden ist mir egal!"

Der Kommissar war sehr verwundert über diese Aussage, denn im Ort verdiene doch jeder wer in diesem Club sei. Der Wirt erzählte ihm, dass er zwar Sizilianer sei aber mit der Mafia nichts zu tun hätte, er sei seit Generationen hier und sein Lokal

war und ist ein Treffpunkt vieler
Gesellschaftsschichten. Mit den Machenschaften
die hier geschehen habe er ohnehin nichts zu tun.
Er werde sie nicht hinaus werfen schließlich tragen
sie an seinem Umsatz bei. Was „Die Leute"
außerhalb machten gehe ihm nichts an, Pokerspiele
habe er ihnen in diesem Lokal verboten. Sie hatten
schnell einen geeigneten Ort gefunden.

Sie sollten sich über die bereits Verhafteten
kümmern, er sei sich sicher das einer von ihnen
oder der Drogenkurier aus der Landeshauptstadt
der Mörder sein könnte. Sie waren bestens
informiert. Dann schenkte er ihnen noch einen
Grappa ein.

Diese Aussage wird die Kommissare noch
beschäftigen, und sie befragten nun den nächsten
in dieser Runde.

Er stellte sich als Reini Faust vor und sei der Wirt
von „Die Wilde Schnecke" am Stadtrand und lud
die beiden Kommissare ein ihm und seine
Mädchen zu besuchen.
Bevor die Beamten weitere Fragen stellten erzählte
er munter weiter. Er gehöre zwar nicht zum
sogenannten Club, aber er spiele gerne mit ihnen
Poker und sie sollten mitspielen den sie hatten
zurzeit zu wenig Leute.

Herr Oberst bedankte sich für die Einladung, und er erkundigte sich nach dem nächsten Spiel und erhielt prompt den Ort und die Zeit
„Wie immer" sagte Herr Faust, „Morgen Abend 22:00 Uhr im „Schwarzen Hund", der Wirt zeigt ihnen den Weg zum geheimen Spielzimmer!"

Herr Oberst wollte es nun wissen und stellte die Frage aller Fragen:
„Wer weiß wer Susi Burger wirklich war?"
„Kommen sie heute Abend zu mir „Zur Wilden Schnecke", da erfahren sie so einiges, ich werde ihnen beweisen, dass wir Ehrenwerte Männer sind, übrigens mein Freund der Geschäftsmann aus Sizilien wird auch da sein!"

Nach dem der Tag so schlecht begann, wussten sie das die Wahrheit immer greifbarer wurde.

Sie bedankten sich für das Gespräch und den guten Original Grappa und zogen weiter.

Jetzt beschäftigte sie woher sie die Informationen über die Festnahmen und der Fahndung hatten, wo ist da die undichte Stelle?
Schnell hatten sie einen Verdacht, es könnte sein das der Polizei Stadtkommandant eine Plaudertasche sein könnte, denn sie hatten die Information erhalten, dass er den Hausarrest nicht so genau nahm und nicht dauerhaft am Polizeiposten anzufinden war.

Es blieb ihnen nichts anderes übrig als auch ihn
sicherheitshalber zu Inhaftieren, denn sein Wissen
und Kontakt zu den Verdächtigen sei ein Risiko.

Sie wussten was zu tun war und zogen weiter.

14

Der Zuhälter und der Sizilianer

Wie vereinbart fuhren sie „Zur Wilden Schnecke"
außerhalb der Stadt.
Sie wurden sehr freundlich begrüßt der Sizilianer
winkte ihnen zu und sie nahmen an seinen Tisch
Platz, die Mädchen tanzten nur für die beiden.

Es dauerte nicht lange da kam der Wirt mit einer
Flasche Champagner vom feinsten. "Nur für die
besten Gäste!" sagte er. Es hatte den Anschein als
würde er sich bei den Beamten einschleimen. Er
beteuerte aber, dass sie ihm sehr sympathisch
wären und er beweisen wolle, dass er ein ehrliches
Geschäft führe.

Nun erzählte er:
„Ich hatte früher in der Bundeshauptstadt ein
seriöses Lokal besessen, nur die besten Damen zur
Auswahl hatte und nur die besten Gäste zu ihm
kamen. Geld spielte keine Rolle.

Mit der Zeit wurde das Geschäft immer härter, die
billigen „Arbeitskräfte", die fürs billige Geld ihre
Dienste anboten und die strengen Kontrollen der
Exekutive, die viele meiner Kunden verschreckte,

die meistens Hohe Politiker und Geschäftsleute
waren, die sich keinen Skandal leisten konnten.

Da hatte ich mich entschlossen aufs Land zu
gehen, es wunderte mich das der Bürgermeister bei
meiner Anfrage sofort alles genehmigte. Er gab
mir nur die Anweisung mich an die „üblichen
Gesetze" zu halten und es würde keine Probleme
geben, aber umsonst soll es nicht sein, ich solle
ihm hin und wieder eines meiner Damen zur
Verfügung stellen. Das würde alles nur noch
schneller gehen. Auf diesen Deal ließ ich mich
sofort ein, warum nicht?"

Der Kommissar wurde etwas ungeduldig, er solle
endlich auf den Punkt kommen, schließlich war er
wegen Frau Susi Burger hier.

Nach dem er ihnen eingeschenkt hatte kam er nun
endlich zur eigentlichen Geschichte.
Als er noch in der großen Stadt war wurde darüber
viel geredet, sie war anfangs eine fleißige
Wirtschaftsstudentin dann aber hat sie sich
schlagartig verändert, und sie wurde ein
durchtriebenes Weib, dass gut situierte Herren
ausnahm wie eine Weihnachtsgans, sie versprach
ihnen alles, bis sie genug Geld kassierte, dann
verschwand sie, sie war eine Heiratsschwindlerin.
Als sie an den falschen kam, der sie bedrohte sie
umzubringen, da musste sie untertauchen, falsche

Haare, falscher Pass, sie nahm die Identität einer Freundin an, die an einem Unfall ums Leben kam. Ihr eigentlicher Name war Cornelia Schmid.

Er habe natürlich die besten Kontakte, und er konnte ihnen versichern, dass der betrogene keine Ahnung von ihr hat, schließlich gäbe es bei seinem Business einen Ehrencodex. Er schwieg und sie ließ ihn in Ruhe.

Nun musste auch Herr Ravioli sein Herz ausschütten, er versicherte Ihnen, dass er ein seriöser Geschäftsmann sei und hier für die Landwirtschaftlichen Betriebe Maschinenteile verkaufe und er gerne in diese Lokale verkehre. Er gönne sich diesen Spaß, aber zu Hause sei er ein braver Ehemann!
Also kein Grund zur Beunruhigung, nicht alle Sizilianer sind Mafiosi.

Herr Oberst sagte nur er werde das überprüfen und sie verbrachten noch einen schönen Abend, was weiter in diesem Lokal geschah, sei der Fantasie überlassen.

15

Der Polizist

Nun wurde es an der Zeit, die „undichte Stelle" zu finden, es kann nicht sein, dass Ermittlungsergebnisse in einen Italienischen Lokal ausgeplappert werden, wie wenn es sich um banale Ereignisse, wie das Wetter handeln würde.

Wer konnte also davon wissen? Wer verkehrte regelmäßig im „Rana Rossa"?

Die Beamten hatten einen Verdacht und begannen mit der Überprüfung.
Der Wirt werde seine Informanten nicht nennen, eher würde er sich die Zunge herausschneiden lassen, also konnten sie nur ihrer Vermutung vertrauen und zählten eins und eins zusammen.

Der Stadtpolizei Chef dürfte es mit dem Hausarrest nicht so genau nehmen und er war regelmäßig Gast im „Rana Rossa", außerdem war es ein Muss für ihn, zu wissen, wie die Lage war und sich mit seinen Freunden auszutauschen, schließlich war er im Stadtrat. Es müsste einiges verkehrt laufen, wenn der gesuchte Polizist nicht in diese Causa in irgendeiner Weise involviert wäre.

Die Beamten forschten seinen Wohnort aus, und machten sich auf den Weg.
Sie gingen in das Nobelviertel der Stadt, wo die erfolgreichen Reichen in großen Villen hausten, jede mit großem Garten und Swimmingpool, Doppelgaragen und vieles mehr.

Jedes Gebäude war rundum Videoüberwacht und mit großen Mauern umgeben. Die Villen waren besser überwacht als eine Bank.

Sie waren sich nicht mehr sicher, ob sie hier richtig waren, denn wie konnte sich ein einfacher Polizei Beamter sich so ein zuhause leisten? Ein Haus neben den Größten Prominenten und am teuersten Fleck der Stadt. Hier durfte Geld wohl keine Rolle spielen. Welch ein Fuhrpark würde sich wohl in den Garagen verbergen?

Sie läuteten an und ein Hund fing zu bellen an, eine hübsche Blondine mit Polizei Uniform öffnete die Tür. Es war die Ehefrau und Kollegin des gesuchten, sie war so jung, dass man glauben könnte, dass es sich um die Tochter handeln könnte.
Sie teilte ihnen mit, dass ihr Mann wie jeden Tag früh morgens zum Dienst ging und erst spät am Abend wieder nach Hause kommen würde.
Sie bedankten sich und gingen.

Die beiden wunderten sich nur und fragten sich
was der Kollege unter Hausarrest nicht verstanden
hätte?
Sie gingen zurück zum Stadtzentrum und
kontrollierten den Polizeiposten, aber er war nicht
da. Sie überlegten und schnell wurde ihnen klar wo
er sich befinden könnte. Natürlich bei seinen
Freunden, beim Italiener.

Mit Verstärkung gingen sie zum Lokal und trafen
ihn an und nahmen ihn gleich mit zum Verhör zur
Polizei Wache.

Als erstes wurden ihm ordnungsgemäß die Waffe
sowie sein Dienstausweis abgenommen.

Sie konfrontierten ihn mit der Angelegenheit und
teilten ihm mit warum er verhaftet sei, denn sie
vermuteten das er in diese Sache verwickelt sein
könnte.
Er hatte über alles Bescheid gewusst und
geschwiegen. Sein Schweigen habe er sich gut
bezahlen lassen. Das erklärt auch die Luxus Villa
und sein überdurchschnittlicher Wohlstand.

Sie seien sich sicher im zweiten USB - Stick die
Beweise zu finden, aber man könnte bereits jetzt
den Sachverhalt klarstellen, auch ohne Geständnis.

Man muss nur die Kontobewegungen überprüfen und die Spur führe zu den korrupten Polizisten.

Sie machten Herrn Polizeichef Sorger klar, wenn es um Kopf und Kragen gehe, werden die einst so guten Freunde auspacken, schließlich geht es um Mord! Wer würde schon freiwillig für so eine Schandtat einen anderen ein Alibi geben oder sogar für jemanden lügen?

Herr Sorger machte sie darauf aufmerksam, dass sie keine Beweise hätten, und er in 24 Stunden ohnehin den Polizeiposten als freier und unschuldiger Beamter verlassen würde. Sie sollten erst einschlägige Beweise liefern, denn die Existenz eines zweiten USB-Sticks wäre nur ein Gerücht.

Nach dieser Expertise des beleidigten und beschuldigten Polizisten zog er es vor zu schweigen.
Herr Oberst und Herr Konrad wussten, dass er recht hatte und ließen ihn wegsperren. Sie hofften das Spiel mit der Zeit zu gewinnen, um den korrupten Polizisten aus dem Verkehr zu ziehen.

Außerdem sollte man klären welche Rolle seine Frau in dieser Causa spielte.

16

Die Pokerrunde

Die beiden Beamten erinnerten sich an die Einladung zur Pokerrunde im „Schwarzen Hund" der am Abend stattfinden sollte. Es wäre ratsam aus Ermittlungsgründen daran teil zu nehmen, denn man könnte sicher sein, so manche noch offene Fragen zu klären.

Am Weg dorthin machte Herr Konrad darauf Aufmerksam, dass sie nun eine Verdächtige mehr hätten, denn die junge Polizistin hätte ein Motiv, weil ihr Mann sicherlich auch an den Sexuellen Freizügigkeiten der Frau Susi Burger nicht nein sagen konnte. Auch hätten sie ihre Villa aufgeben müssen, wenn die ganze Sache aufgeflogen wäre. Eifersucht und Geld haben schon einige zum Morden bewegt, obwohl Frauen den Giftmord vorziehen würden.

Bisher sind wir immer von einem Mann als Täter ausgegangen, das aber bisher nicht widerlegt wurde. Herr Oberst grübelte ein wenig und beruhigte seinen Assistenten damit, dass er sich

mit der Gerichtsmedizinerin austauschen werde
um zu klären, ob auch eine Frau diesen Mord
verüben hätte können.

Weiters wies Herr Konrad darauf hin, dass die
Frau des Wirtes vom „Schwarzen Hund" immer
noch nicht überprüft worden sei.

Der Kommissar sagte zu ihm, dass er dieses bei
Notwendigkeit noch tun werde, jetzt müssten sie
sich aber auf den Pokerabend konzentrieren.

Wie verabredet gingen sie zum Wirtshaus, wo aber
außer zwei alte Herren und der Wirt niemand sonst
anwesend waren. Sie setzten sich an einen Tisch
und beobachteten das Geschehen. Der Wirt ging
mit einer Flasche Hochprozentigen aus der
Gaststube und verschwand wie ein Geist in einer
Wand. Herr Konrad wurde stutzig und folgte dem
Wirt, aber die Wand öffnete sich nicht, also
wartete er geduldig wie eine Katze auf die Maus,
denn wenn jemand darin verschwand, würde er
auch wieder auftauchen, denn an Geister glaubte er
nicht.

Kurz darauf kam der Wirt aus der perfekt getarnten
Tür in der Wand heraus und bat die Kommissare in
den versteckten Pokerraum zu kommen, sie
wurden bereits erwartet.
Am Spieltisch saßen der Bordellbesitzer und sein
Sizilianische Freund. Sie deuteten auf die freien
Plätze und sie nahmen Platz. Der Wirt kam mit

zwei Flaschen Whisky und einer Flasche
Mineralwasser. Das war hier so der Brauch.
Es dauerte nicht lange da kam auch der Wirt von
Restaurant „Rana Rossa" und nahm ebenso am
Spieltisch Platz.

Nun wollte Herr Oberst wissen warum sie sich
genau hier zum Pokern trafen?
Sie erklärten, dass es hier am sichersten war und
hier gibt es ein Geheimzimmer, schließlich war es
illegal was sie hier taten. Im „Rana Rossa" würden
die offiziellen Geschäfte gemacht und hier
entspannen wir uns. Leider ist es mit den
lukrativen Geschäften zu ende, weil die Polizei
unsere Kundschaft, und sogar ihre eigenen Leute
verhafteten.

Sie stellten klar, dass die hier am Tisch beteiligten
Männer nichts mit den Geschäften der „Leute" zu
tun hätten, sondern ihnen ging es nur ums
Kartenspiel, und um die Kundschaft in unseren
Lokalen. Die Abschlussfeier war immer in der
„Wilden Schnecke", der fehlende Umsatz ist
gigantisch.

Weiters machten sie den Beamten klar, dass sie
den falschen des Mordes bezichtigten, denn der
Chef der Stadtpolizei hat sich durch das
Schweigen einen Traum erfüllt, aber ein Mörder
sei er sicher nicht. Sie sollten sich lieber seine

kleine Polizistin genauer unter die Lupe nehmen, denn diese sei skrupellos und mit der ermordeten wie Hund und Katz. Wenn Blicke töten könnten!

„Nun sollte aber gespielt werden, der Einsatz beträgt normalerweise 100 Euro, für Polizei Anfänger machen wir eine Ausnahme und beginnen mit 10 Euro", sagte der Zuhälter.

Nun wurde aber gespielt, keiner verlor mehr ein Wort über den Fall und wie es so der Brauch war feierten sie in der „Wilden Schnecke" den Abschluss.

17

Der Einbruch

Am darauffolgenden Abend fingen sie an Berichte
zu schreiben, denn vorher mussten sie sich
ausschlafen, die Nacht in der „Wilden Schnecke"
wurde lang.

Sie überprüften immer wieder die Protokolle und
beide waren sich immer noch nicht sicher, wer als
Mörder oder gar als Mörderin in Frage kam?

Nachdem sie wieder die ganze Nacht wach waren
um herauszufinden was zur Lösung des Falls
beitragen könnte, legten sie sich schlafen, denn ein
Ergebnis war nicht zu erwarten. Herr Oberst zog
sich zurück um über alles nachzudenken und Herr
Konrad überprüfte die Daten aller beteiligten, denn
er könnte etwas übersehen haben.

Stunden später läutete das Handy bei Herrn Oberst,
das ihn unsanft aus dem Schlaf riss. Eine
Aufgebrachte stimme meldete sich, um einen

Einbruch zu melden. Es handelte sich um den Wirt „Zum Schwarzen Hund".

Der Kommissar schlug sofort Alarm und trommelte alle verfügbaren Kräfte zusammen, er befiel ihnen das Wirtshaus zu umstellen und einen Ring um das Stadtzentrum zu ziehen, der oder die Verdächtigen dürften auf keinen Fall entwischen. Außer der Polizei ist jeder festzunehmen der sich in dieser Zone befand oder sich daraus entfernen würde!

Die beiden Kommissare liefen unverzüglich zum Wirtshaus um sich nach der Lage zu erkundigen. Die Kollegen teilten ihnen mit, dass sie innerhalb von drei Minuten nach auslösen des Alarms am Tatort waren, die Polizeiinspektion war ja nur wenige Meter entfernt und die Sektor Streifen waren zufällig bei einem Planquadrat rund um die Stadt im Einsatz, somit konnte kein einziges Fahrzeug die Stadt verlassen.

Herr Obert gab den Befehl, dass die Sperre bis auf Widerruf zu halten sei, außerdem ist das Wirtshaus von oben bis unten zu dursuchen.

Als nächstes sprach er mit dem Wirt, er wollte von ihm wissen, was er alles wahrgenomen hatte? Er erzählte Herrn Oberst und seinen Assistenten, dass er zuerst merkwürdige Geräusche gehört hatte, dann ging er nachsehen, da sah er, weil das Licht von der Straße leicht hereinschein, in der Gaststube einen Schatten. Als der Täter mich

kommen hörte ist er geflüchtet, dann habe er die
Polizei gerufen.
Herr Oberst wollte wissen ob es sich um einen
Mann gehandelt hätte, was der Wirt nicht
bestätigen konnte.

„Was könnte die Person gesucht haben?"
„Er habe hinter den Tresen ein Kästchen mit
Schlüsseln", sagte der Wirt und ging nachsehen, da
sah er, dass das Kästchen aufgebrochen war, und
die Schlüssel für die Mietswohnungen fehlten.

Den Beamten war klar um was es ging,
irgendjemand war auf der Suche nach den zweiten
USB-Stick. Entweder einer der Inhaftierten hat die
Durchsuchung in Auftrag gegeben oder der Täter
oder Täterin sind immer noch frei, und wir haben
was Wichtiges übersehen. Herr Oberst fühlte sich
nun bestätigt, dass eventuell der Kapuzenmann
dahinterstecken könnte, schließlich fehlt bislang
jede Spur von ihm.
Herr Konrad fügte hinzu, dass auch die
Stadtpolizistin in Frage käme.

Nun wurde es Herrn Oberst zu bunt und gab
folgenden Befehl:
Die Wohnung der Toten soll noch einmal
durchsucht werden, von oben bis unten alles in
Einzelteile zerlegen und natürlich das ganze Haus

auf den Kopf gestellt werden, er forderte weitere Beamten zur Verstärkung an.

„Wenn wir schnell genug am Tatort waren, so haben wir den Täter gestört und er oder sie hatten keine Zeit den Stick zu finden und das soll zu unseren Gunsten sein.", stellte der Kommissar fest.

Die beiden Kommissare waren wütend, denn der Einbrecher war ihnen entkommen, aber wie? Sie hatte den Verdacht, dass es einer von ihnen sein könnte, aber sicher jemand der sich hier im Wirtshaus und in der Stadt sehr gut auskannte. Vielleicht ein weiterer „Maulwurf"?

Da kam ihnen die Idee, den inhaftierten Polizisten zu befragen, er könnte ihnen sicher helfen, denn er kannte sich am besten in der Stadt aus. Der Wirt war leider schon etwas dement, außerdem aufgrund seiner Behinderung konnte er ihnen nicht sehr helfen.

Die Beamten wussten die Untersuchung des Hauses werde noch so manches an das Tageslicht bringen.

18

Der Verschwundene Polizist

Nach dem das ganze Wirtshaus und seine
Umgebung durchsucht wurden, machten sie sich
auf den Weg zum Polizeiposten um sich mit dem
inhaftierten Stadtpolizei Chef zu unterhalten,
schließlich hätten sie noch einige Fragen. Auch
seine Frau gehörte zu den Verdächtigen Personen,
was sie nicht außer Acht lassen dürfen.

Sie forderten einen Kollegen auf seine Zelle zu
öffnen, aber sie staunten nicht schlecht, denn der
Haftraum war leer. Die Kollegen konnten sich
nicht erklären wie das passieren konnte,
schließlich hatten sie ihn behandelt wie jeden
anderen Verdächtigen.

Es blieb ihnen nichts anderes übrig als nach den
verschwundenen Polizisten zu fahnden. Alle
verfügbaren Kräfte waren daran beteiligt.

Sie wollten wissen wo sich die Frau des gesuchten
in der Nacht befand? Einer erklärte Ihnen, dass sie

als einzige Innendienst hatte, weil das in der Nacht
so üblich sei.

Ihnen wurde klar was hier geschah:
Die Polizistin hatte ihren Mann frei gelassen um
nach dem Stick und somit nach den Beweisen, die
sie belasten würden zu suchen, denn er hatte die
besten Ortskenntnisse. Haben sie Frau Burger
ermordet?

Sie wollten gerade auch die Polizistin zur
Fahndung ausschreiben, da tauchte sie plötzlich
auf, als wäre nichts passiert.
Sie wurde sofort mit den Anschuldigungen
konfrontiert, doch sie stritt alles ab, sie wies sie
nur darauf hin, wenn man einen Polizisten
einsperrt sollte man ihm auch alle Schlüssel
abnehmen. Sie habe mit der Freilassung nichts zu
tun und hatte auch nicht bemerkt, dass er sich aus
dem Staub machte.

Weiters stellte sie klar, dass sie von den
angeblichen Machenschaften ihres Mannes nichts
zu tu hätte, sie habe auch nichts davon gewusst.
Sie habe ihren Mann kennengelernt als er die Villa
und die teuren Fahrzeuge bereits hatte. Sie habe
nicht nein gesagt, weil für sie war das eine gute
Partie, sie brauchte sich um Geld keine Sorgen
mehr machten, außerdem hatte er ihr versprochen
bald nicht mehr arbeiten zu müssen, weil sie bis
dahin genug Geld hätten.

Wer würde für einen weiteren Wohnsitz auf den Malediven schon nein sagen? Ein Traum an der Sonne sollte in Erfüllung gehen!

Sie wurde nun über den Verbleib ihres Mannes befragt. Sie erklärte den Beamten, dass sie nicht wüsste wo er sich aufhielt, er würde schon wiederauftauchen oder auch nicht, vielleicht ist er schon über alle Berge, er ist dafür ausgebildet, unerkannt zu verschwinden.

Herr Oberst schickte die junge Polizistin nach Hause. Eine Untersuchungskommission werde sich zeitnah mit ihr beschäftigen!

Sein Assistent wollte wissen, warum er das tat, weil es offensichtlich war, dass sie Ihn nur was vorgaukelte.

Er erklärte ihm, dass man sie überwachen lassen werde, denn er war sich sicher, dass der Verdächtige bald bei ihr auftauchen würde und man sich dadurch viel Arbeit ersparen würde, denn da werden auch wir zur Stelle sein und ein weiteres Mal kommt er uns nicht davon.

Wir dürfen uns nicht beeinflussen lassen, denn der Mörder könne auch ein anderer sein, er könnte ja nur nach Beweisen für seine Mitwisserschaft gesucht haben.

Wenn man sich die Dienstpläne betrachtet, hätten die beide ein Alibi, aber diese könnten auch manipuliert sein, sie könnten auch weitere Kollegen geschmiert haben, sie müssten vorsichtig sein, also wäre es besser die beiden noch genauer zu überprüfen und sicherheitshalber ein ausreiseverbot auszusprechen. Weiters sollten die meisten Beamten ausgetauscht werden, man könnte niemanden vertrauen!

19

Das falsche Alibi

Der Kommissar überlegte wie er es seinen
Vorgesetzten mitteilen sollte, dass er ihm keinen
Mörder präsentieren konnte. Er wusste das er als
Konsequenz diesen Fall an seinen Kollegen
übergeben müsste. Das wäre das schlimmste was
Ihm passieren könnte, denn bis jetzt konnte er
jeden noch so schwierigen Fall lösen. Eine
Strafversetzung wäre jetzt sehr ungünstig für ihn.

Er wollte gerade seinen Chef über die Sachlage
berichten, da klingelte sein Handy. Die Anruferin
stellte sich als Frau Bürgermeister Sulzer vor und
bat Herrn Oberst um ein wichtiges Gespräch. Es
handelte sich um wichtige Hinweise, die zur
Klärung des Mordfalls an Frau Susi Burger führen
werde.

Sie vereinbarten als Ort das Hotel „Weiße Katze"
und als Zeit in einer Stunde. Genügend Zeit für
den Kommissar noch schnell zum Würstelstand zu
gehen um sich mit einem Schluck zu stärken und

seinen Assistenten zu benachrichtigen, schließlich war ein Zeuge und Schriftführer bei solchen Zeugenaussagen sehr wichtig, denn sein Chef sollte am besten gleich ein Protokoll gesendet werden, denn das würde ihn sicher milde stimmen.

Man sollte es nicht glauben, denn Jo und sein bester Kunde der Leichenbestatter ließen es sich nicht nehmen, den Kommissar über die Ermittlungsergebnisse anzusprechen und stellten Ihm die Frage ob er wüsste wo sich der zukünftige Ex-Polizist aufhalten würde? Sie hätten da was läuten hören, aber genaueres wüssten sie noch nicht.

Der Kommissar trank noch einen und lud die beiden auf einen trink ein. Er bat sie, wenn sie genaueres erfahren würden, sollten sie ihm bescheid geben und verschwand.

Als er im Hotel ankam wartete die Frau des Bürgermeisters und sein Assistent bereits an der Bar. Er bat sie zu einem Tisch und forderte Frau Sulzer höflichst auf nun ihre Aussage zu machen.

Nun fing sie an zu erzählen:
„Ich wollte nicht, dass ein unschuldiger ins Gefängnis geht, nur weil ich nicht die Wahrheit sagte. Ich habe meinen Mann ein falsches Alibi gegeben, weil er mich und unsere Kinder massiv unter Druck setzte. Wir würden unser zuhause und unseren gewohnten luxurösen Lebensstil verlieren

und an das Gerede der Leute war gar nicht zu
denken.

Er kam kurz nach der Tatzeit mit blutigen Händen
und Kleider nach Hause er wollte es verbergen
aber ich sah alles. Er bat mich die Kleider zu
entsorgen und er ging ins Bad um sein Blut
abzuwaschen. Im Schutze der Dunkelheit warf ich
seinen Anzug in die Mülltonne."

Der Kommissar bedankte sich für ihre Aussage
und schickte sie weg.
Nun trommelte er einige Spezialisten zusammen,
um alles weitere zu besprechen, wie sie weiter
vorgehen.

Während Herr Oberst einen Plan entwarf meldete
der Assistent dem Polizei-Chef den
Ermittlungserfolg.
Herr Oberst war nicht erfreut darüber, weil das zu
früh sei, denn es ist noch nichts bewiesen, wir
wissen aus der Erfahrung zu was eifersüchtige und
betrogene Frauen fähig sind.

Nun wurde die Spurensicherung beauftragt das
Fahrzeug des Bürgermeisters sicherzustellen und
auf Spuren zu untersuchen, außerdem sollten nun
alle Mobiltelefone von Bürgermeister, Ehefrau und
Kindern wegen eines Bewegungsprofil gründlich
überprüft werden.

Nach dem sich die Frau Oberbürgermeister nun verdächtig gemacht hatte gab er den Auftrag diese Dame genauer unter die Lupe zu nehmen.

In der Zwischenzeit gingen sie zur Polizeiinspektion um mit den bereits Verhafteten Bürgermeister Sulzer zu sprechen, sie konfrontierten ihn mit der Aussage seiner Frau. Er war erbost und stritt alles ab.
Der Kommissar erinnerte ihn an seine Worte, das es nur eine Frage der Zeit wäre, bis sich sein Alibi in Luft auflösen würde.
Er beteuerte abermals, dass er mit dem Mord nichts zu tun hatte, das Ganze sei eine Intrige von seiner Frau.
Da erzählte er:
Sollte ihm etwas passieren, dass er für seine Frau und Kinder vorgesorgt hätte, in dem er einiges an Geld in Sicherheit brachte, mit dieser Summe hätten sie ausgesorgt, der Bankdirektor wusste über alles Bescheid, er hatte sich um alles gekümmert, wahrscheinlich machten sie gemeinsame Sache.
Somit konnte sie sich an mir rächen.

Sie befragten nun auch den Herrn Bankdirektor, der bereits sehr kooperativ war und brachten auch einiges in Erfahrung, ein Grund um Frau Sulzer zu besuchen, auch weil die ersten Berichte bereits eingetroffen waren.

Nun gingen die zwei Beamten in das Villenviertel um Frau Sulzer und ihre Kinder neuerlich zu befragen und sie mit den Aussagen und vorliegenden Ergebnissen zu konfrontieren.

Natürlich waren alle eingesetzten Beamten sehr fleißig und haben innerhalb kürzester Zeit sämtliche Ermittlungen durchgeführt, Herr Konrad und sein Informations-Wagen trugen dazu bei rasch alle Informationen zu bündeln und auszuwerten.

Nun war es an der Zeit die Beteiligten aufzuklären. Wer eine Falschaussage machen sollte, könnte in diesem Falle sogar mit Gefängnis bestraft werden, außerdem würden sie damit die Ermittlungen negativ beeinträchtigen und behindern, auch das ist Strafbar. Sie hätten jetzt die Möglichkeit alles klarzustellen.

Der Kommissar stellte nun die Ergebnisse seiner Ermittlungen vor, danach sollten sie sich entscheiden ob sie bei ihrer Aussage blieben.

Wir haben das Fahrzeug untersucht und kein Blut gefunden, er musste aber gefahren sein, denn mit Blut verschmiert durch die Stadt zu laufen, wäre wohl jemanden aufgefallen.

Die Kleidung war in keiner Mülltonne in der Umgebung, die Müllabfuhr fährt erst in einer Woche.

Laut Bewegungsprofil waren alle zu Hause eingeloggt, nur am Nachmittag konnten wir feststellen das Herr Sulzer bei dem Opfer war, lange vor der Tat.

Der Bankdirektor verriet uns ein kleines Geheimnis, in einem Schließfach in der Bank sollte sich ein größerer Betrag befinden, den ihr Mann für sie zur Seite schaffte. Das Fach war leer.

Frau Bürgermeister schwieg und den Kommissaren wurde klar, dass es sich hier um reine Geldgier handelte, sie hatte das Bankfach ausgeräumt und keiner wird je erfahren wo das Geld sich befindet. Dass sie ihren Mann den Mord anhängen wollte ist ein reiner Racheakt, weil sie Betrogen wurde.

Frau Sulzer gab zu falsch gehandelt zu haben, zum Verbleib des Geldes sagte sie nichts. Sie bat die Beamten die Kinder in Ruhe zu lassen, sie war schuld und bat um eine milde Strafe.
Herr Oberst sagte nur das werde das Gericht entscheiden und ließ sie gehen, sie werden ohnehin vom Gericht Bescheid bekommen. Sie musste außerdem zu Hause bleiben, sie dürfe auf keinen Fall die Stadt verlassen und ihre Pässe abgeben.

Herr Oberst stellte weiter fest, dass der wahre
Mörder sich nicht für Geld interessierte,
schließlich wurde am Tatort eine erheblich hohe
Summe sichergestellt, was war das Motiv?
Wenn sie das Motiv erfahren würden, so wäre es
einfacher den Mörder zu überführen!

Herr Kommissar Oberst fluchte leise vor sich hin
und stellte sich nur eine Frage: Wie sollte er das
seinen Vorgesetzten erklären?
Er sah sich schon Strafversetzt als Verkehrspolizist
an einer Kreuzung oder im Archiv um Akten zu
schlichten.

Es wurde Zeit für einen Drink und zog mit
gesenktem Haupte dahin.

20

Der Schlüssel

Als Herr Oberst sich mit seinem Assistenten im
Hotel traf wartete er schon ungeduldig auf die
Ergebnisse über die zweite Hausdurchsuchung im
„Schwarzen Hund".

Herr Konrad berichtete ihm folgendes:
Die Spurensicherung war mit zehn Mann im
Einsatz, sie durchsuchten jeden Millimeter von
oben bis unten, aber von einen USB-Stick keine
Spur. Sehr interessant was sie in einen der etwa
hundert Damenschuhe fanden, es war ein
Schlüssel. Sie müssten jetzt nur mehr das passende
Schloss finden, was aber im Gesamten Gebäude
nicht der Fall war.

Ein Beamter meinte hierbei könnte es sich um ein
Bankschließfach handeln.
Herr Oberst gab zu, bei der Überprüfung aller
Verdächtigen zwar an alles gedacht zu haben aber
auf ein Schließfach beim Opfer hätte er einfach
vergessen. Er schickte unverzüglich zwei Beamte
in die beiden Banken um nach dem passenden
Fach zu suchen.

Herr Konrad teilte im weiter mit, dass sie eine
Geheimtür im Wirtshaus fanden, sie befand sich
im Erdgeschoß, führte aber ins nichts. Er bemerkte
weiter, das hätte der Wirt wissen müssen aber er
schwieg darüber, es wäre Zeit ihn danach zu
befragen.

Sie machten sich auf den Weg und wollten
Auskunft über die von ihn verschwiegenen Tür.
Dieser beteuerte an diese Tür nicht mehr gedacht
zu haben, weil diese ohnehin ins nichts führte. Als
man die Gebäude baute ließ man einen Sicherheit
Abstand zum nächsten Haus, aus Feuerschutz
gründen. Dazwischen war absolut nichts, man
kommt weder herein noch hinaus, weil die Mauern
zu hoch seien.
Trotz allem ließ er den sogenannten Spalt noch
einmal überprüfen, weil er vermutete, dass der
Täter aus der Geheimtür ins freie Flüchtete und
über die Mauer entkam, wie er das schaffte wäre
noch zu klären.

Mittlerweile rief Herrn Oberst ein Kollege an, der
ein Schließfach bei der BAA Bank ausforschen
konnte, das war die kleinere Bank in der Stadt. Der
Direktor beteuerte sich nicht daran erinnern zu
können, dass Frau Burger hier sich ein Schließfach
nahm, wahrscheinlich hatte sie das bei seiner
Kollegin getan, die sich jetzt in Karenz befand.

Als er das Schließfach öffnete fand er außer einen USB-Stick nichts. Er würde den Stick sofort auswerten und ihm das Ergebnis dann ins Hotel bringen.

In der Zwischenzeit wurden die Geheimtür und die Umgebung im sogenannten Niemandsland genauer unter die Lupe genommen.
Man stellte fest, dass sich dahinter die Baustelle befand, beziehungsweise die Baumaschinen und Baumaterial. Man vermutete das sich der Täter sich eine Leiter in Position brachte und durch diese über die gestapelten Palletten außerhalb fliehen konnte.
Es handelte sich also um eine gut geplante Tat, wobei der Fluchtweg genauestens durchdacht wurde.
Der Einbrecher aber auch der Mörder konnten also so entkommen. Es könnte sich auch um dieselbe Person gehandelt haben. Es ist also unumgänglich das ganze nach Spuren zu untersuchen.

Herr Konrad drängte wieder einmal um die Wirtin zu vernehmen und den Wirt wegen Mitwisserschaft zu verhaften, dies blockte Herr Oberst ab und machte ihn darauf aufmerksam, die Fahndung nach den dusseligen Polizisten und den ominösen Kapuzenmann zu forcieren, denn die Zeit drängt.

Er habe kein gutes Gefühl, was die weiteren Ermittlungen betrafen, das sei eine Verwunschene

Stadt. Hier liegt der Duft des Todes in der Luft, er glaube das es nur noch schlimmer kommen konnte.

Nun machten sie sich auf den Weg ins Hotel um die Ergebnisse zu analysieren.

Mörderische Dokumente

Als die beiden Beamten zurück im Hotel waren
und die Ergebnisse der Auswertung des zweiten
USB-Stick in den Händen hatten und begannen
sich hinein zu lesen, brauchten sie zunächst einen
Schluck Hochprozentiges um das gelesene zu
verkraften zu können. Was sie in Händen hielten
war wie aus einem Drehbuche für mehrere
geplante Morde.

Kein Wunder das der oder die Täter unbedingt
diese Brisanten Dokumente haben wollten.
Eigentlich sollte das die Lebensversicherung sein,
denn das Motiv währe eindeutig. Wer aber würde
einen Mord begehen, bevor er diese Beweise in
Händen hielt? Ein weiteres Rätsel!

Nun aber begannen sie die Dokumente Schritt für
Schritt oder Fall für Fall durchzugehen.
In den Akten befanden sich viele Testamente zu
Gunsten der Stadt, viele Schenkungsurkunden und
gruselige Totenbescheinigungen, wo bei der
Todesursache mit rotem Stift ein Fragezeichen
war. Weiters Polizeiprotokolle, die bescheinigten,
dass es sich bei manchen Verstorbenen um einen

Unfall handelte, man wollte auf Nummer sicher
gehen.

Das neue Stadtamt wurde an einer Stelle erweitert,
deren Grundstück einer alten Dame gehörte, diese
kurz vor ihren Tod das Testament zu Gunsten der
Stadt änderte. Laut Totenschein war sie an
Altersschwäche verstorben, was mit einem roten
Fragezeichen gekennzeichnet war.

In der Nähe des Stadtplatzes wurde ein älteres
Haus mit einem großen Grundstück einer
Investorengruppe unter den Handelsüblichen Preis
verkauft, wo Herr Huber und der
Stadtbürgermeister an der Spitze standen, um eine
Private Altenresidenz zu bauen. Als
Geschäftsführer waren ebenfalls Herr Huber und
der Bürgermeister eingesetzt, kurz nach der
Unterzeichnung verstarb der Besitzer. Zeugen
berichteten er war noch sehr gesund, im
Polizeibericht stand, er wäre unglücklich zu Sturz
gekommen, also ein tragischer Unfall.

Ein älteres Haus am Stadtplatz, das einen älteren
Herrn gehörte, wurde an die Investorengruppe
vererbt, dieser Mann verstarb kurz nach der
Unterzeichnung, ihm wurde angeblich eine
kostenlose, Behinderten gerechte Wohnung dafür
in Aussicht gestellt. Als Todesursache wurde ein
Herzinfarkt eingetragen.

Der ehemalige Besitzer des Gebäudes, wo das Würstelstand untermietet ist, hat seinen Besitz ebenfalls der Investorengruppe vermacht. Kurz nach der Unterzeichnung verstarb er mit sechzig Jahren, laut Totenschein an Altersschwäche, was an Zeiten wie diesen eher unwahrscheinlich war.

Der Arzt der diese Diagnosen feststellte verschwand Spurlos, keine hat von ihm jemals wieder gehört, angeblich sei er ins Ausland gegangen.

Nach diesen brisanten Dokumentationen hatten sie nun Angst um den Wirt vom „Schwarzen Hund", das aber unbegründet war, weil schließlich die Betrüger bereits inhaftiert wurden.

Herr Konrad war klar um welches Motiv es sich handeln würde und er war stolz einen weiteren Mord rechtzeitig verhindert zu haben, aber Herr Oberst grübelte noch immer, einiges war ihm noch unklar, außerdem müssten die genauen Todesursachen noch geklärt werden und kündigte Exhumierungen an.

Der Vorgesetzte der beiden Kommissare war sehr erbost, schließlich sollten sie einen Frauenmord aufklären, nun handelte es sich um angeblichen systematischen Massenmord, der zur Bereicherung diente.

Als sie nun die Leichen untersuchen wollten,
stellte sich heraus, dass diese bis auf eine,
Eingeäschert wurden. Nur die ältere der
Verstorbenen wurde begraben. Die Täter wussten
ganz genau was sie taten, wie sollte man beweisen,
dass es sich hier um heimtückischen Mord handeln
würde? Man hoffte das die Beweise für einen
Indizien Prozess reichen würden.

Frau Susi Burger hatte genau vermerkt wer alles an
diesen „Geschäften" verdiente und wieviel sie für
ihr Schweigen erhalten hatte, sie hofften nun das
dies für eine Verurteilung reichen würde, jedoch
werde kaum einer ein Geständnis machen oder
einen anderen verraten, schließlich handle es sich
hier um eine kriminelle Vereinigung.

Ihre Priorität war nun herauszufinden wer Susi
Burger ermordet hatte, dann könnten sie vielleicht
auch die anderen Morde aufklären, also ermittelten
sie wieder weiter.
Herr Oberst glaubte immer noch das der
Kapuzenmann oder der Bürgermeister und sein
perverser Freund der Pfarrer die Täter sein
könnten, er überlegte die ganze Zeit, wie er dieses
Beweisen könnte.

Der schwarze ist immer noch auf der Flucht und
die anderen streiten alles ab, obwohl jeder ein
stichhaltiges Motiv hätte.

Bald hätte er auf den flüchtigen Polizisten vergessen, er ahnte nichts Gutes.

22

Die Geiselnahme

Der Tag begann wie alle anderen, ein schlechtes Gefühl durchflutete Herrn Oberst seinen Körper. Dann meldete sich auch noch sein Vorgesetzter, der wie immer auf den neuesten Stand gebracht werden musste, und dieser duldete keine schlechten Nachrichten. Aber dieses Mal gab er sich mit den Informationen zufrieden, und erteilte ihm den Befehl, allen hinweisen gewissenhafter nachzugehen.

Er traf sich mit seinen Assistenten um alles weitere zu besprechen, da klingelte sein Handy, und es meldete sich der dusselige Polizist und redete lauter wirres Zeug.

Er habe eine neugierige Journalistin in seiner Gewalt, sie habe wichtige Unterlagen, die beweisen, dass er unschuldig sei. Die Polizei sollte die Ermittlungen beschleunigen und den oder die wirklichen Täter finden, er sei nur das Bauernopfer im diesen perversen Theaterspiel.

Die beiden Beamten staunten nicht schlecht,
schließlich hätten sie die Unterlagen schon in der
Hand, also was sollte dieses Spiel?
Sie klärten ihm darüber auf, aber er meinte nur
dass er die Journalistin erst freilassen würde,
sobald seine Unschuld bewiesen sei, er war nicht
der Mörder, er habe nur Informationen
weitergeleitet, für dieses Vergehen er geradestehen
würde. Er habe auch Geld genommen, aber er habe
sich von seiner Geldgierigen Ehefrau hinreißen
lassen.

Die Geisel befindet sich an einen sicheren Ort,
weit weg von der Stadt, das Handy schaltet er ab
und er würde sich wieder melden, er gab ihnen ein
Ultimatum von zwei Tagen, bis dahin sollten sie es
geschafft haben den Mörder zu finden, sollten sie
weiter annehmen er sei der Mörder, bliebe ihn
nichts anderes übrig als die Journalistin und sich
selbst zu töten, denn es wäre ihn ohnehin alles
egal, er sei so und so ruiniert, er wollte nur das die
ganze Welt erfährt, dass er kein Mörder sei!

Herr Oberst forderte ihn auf ruhig zu bleiben und
der Journalistin nichts zu tun, sie könne nichts
dafür, sie mache nur ihre Arbeit.

Er bat den Polizisten mit der Journalistin sprechen
zu dürfen, er willigte ein.
Er fragte sie woher sie denn die Daten hätte? Sie
erklärte das sie mit dem Opfer befreundet war. Sie
gestand ihr, dass sie glaubte man würde ihr etwas

antun, weil sie zu viel wusste. Sie wollte für immer
verschwinden, doch so weit kam es nicht. Vorher
hat sie ihr zu ihrer Sicherheit die Daten gegeben
um im Falle eines Falles, die Daten der richtigen
Polizei zu übergeben, und diese zu veröffentlichen
um die Allgemeinheit mittzuteilen welche Spiele
ihr wunderbarer Oberbürgermeister und seine
Amigos spielten.

Die beiden Beamten waren sich sicher, dass der
Polizist aus Verzweiflung handeln würde, aber
trotzdem war es ein schwerwiegendes Verbrechen.

Man konnte nichts anderes tun als Ihm zu
beruhigen, und glaubhaft zu machen gegen ihm als
Mörder nicht mehr zu ermitteln und weiter nach
dem richtigen Täter zu fahnden, denn sie waren
sich einig den Polizisten als Mörder von der Liste
zu streichen.

Als nächstes überlegten sie, wie man die Geisel
befreien könnte? Das war aber zurzeit sekundär!

Herr Oberst zog sich zurück um nachzudenken, er
wusste es müsse ein Wunder geschehen um in
diesem schwierigen Fall weiterzukommen.
Verdächtige hätten sie genug, aber wer war es?

Weitere Fragen mussten unbedingt abgeklärt werden, um die Journalistin aus der Gewalt des Polizisten zu befreien.

Warum hatte die ermordete die Daten der Journalistin übergeben und einen Stick versteckt? Traute sie ihrer Freundin nicht? Hat die Journalistin etwas mit dem Mord zu tun? War sie eine sogenannte Doppelagentin?

23

Die Festnahme

Während Herr Oberst sich überlegte, wie er weiter
vorgehen sollte und sein Assistent ununterbrochen
an einen Plan bastelte, so klingelte wieder einmal
das Handy und Jo, der Würstelstand Besitzer
meldete sich. Er habe soeben den Kapuzenmann
gesehen, und wie sollte es anders sein, verschwand
er wieder einmal im Hinterhof des Gasthofes
„Zum schwarzen Hund".

Der Kommissar forderte Jo auf nichts zu
unternehmen und ganz normal weiter zu arbeiten,
sie werden sich darum kümmern und bedankte
sich.

Jo wusste nicht, dass die beiden Beamten über
alles längst informiert wurden, denn der
Kapuzenmann stand unter ständiger Beobachtung,
sie warteten einfach bis er zum Tatort
zurückkehrte.

Die Gier nach Geld brachte ihn dazu hier
wiederaufzutauchen, denn der Drogenmarkt blieb
nicht still, schließlich war die Nachfrage nach dem
Stoff ungebrochen. Dieses Geschäft ließ sich der
vermeintliche Mörder nicht entgehen.
Herr Konrad ließ ihn weiter überwachen und
befahl nicht einzuschreiten, bis er ihnen den Befehl
gab.
Die Kommissare wussten das der Mörder wieder
an den Tatort zurückkehren würde und so planten
sie dementsprechend.
Als Bauern Verkleidet ließ er zwei Polizisten in
der Wirtschaft postieren, die brav ihr Bier tranken,
am Nebentisch saßen zwei Beamte als
Drogenabnehmer getarnt und als der
Schwarzafrikaner aufkreuzte schlugen sie zu und
brachten ihn umgehend zum Verhör.

Sein Pech war, dass er sich der Verhaftung
widersetzten wollte, und er sich mit vier Polizisten
anlegte, so kam es dazu das er aus der Nase blutete
und sich einige Blessuren zufügte.

Als sich Herr Oberst in den Verhörraum ging, saß
der kleine Kapuzenmann, ein Schwarzafrikaner,
ziemlich mitgenommen an einen Stuhl, mit
Handschellen gefesselt.

„Nun, das war nur der Anfang", sagte Herr Oberst,
„wenn du willst können wir so weitermachen, hier
hört dich keiner schreien, und du wirst niemanden
fehlen, wir lassen dich einfach verschwinden, du

landest in einen Armengrab, keiner wird sich an dich erinnern, keiner wird Fragen stellen.
Es wäre gescheit gleich die Wahrheit zu sagen, denn wer so einen brutalen Mord begeht, darf sich nicht wundern, wenn er ein bisschen Misshandelt wird. Es wäre eigentlich ganz gerecht dich zu foltern, du warst auch nicht sehr nett zu Frau Burger als du sie auf grausamste Weise getötet hast!"

Herr Sambadi, wie der Verdächtige hieß, fing an zu zittern, angst durflutete seinen Körper und der Schweiß tropfte ihm von seiner Stirn.

Die Kommissare konfrontierten ihn mit den erdrückenden Beweisen. Sie fanden genügend DAN-Spuren überall in der Wohnung, Fingerabdrücke an Drogen und Bargeld, sie wussten das er öfters bei ihr über Nacht war und im Schutze der Dunkelheit wieder verschwand, der alte Wirt habe ihn gesehen, außerdem habe er als Obdachloser getarnt Drogen verkauft.

Für sie ist die Sachlage ganz klar, sie hatten Streit wegen den Drogen, er habe sich wegen des Geldes benachteiligt gefühlt, wie das so ist mit der Gier. Es kam wie es kommen musste, er würgte sie und vor lauter hass, weil er sich betrogen fühlte, stach er wie verrückt auf sie ein, er war wie in einem Blutrausch.

Danach verschwand er in die Landeshauptstadt und wartete bis etwas Gras darüber gewachsen war, als er dachte die Sache habe sich beruhigt, handelte er weiter mit Drogen, um weiter Geld zu verdienen um die Gier nach Geld zu stillen. Wie abgebrüht muss man da sein???

Der Schwarzafrikaner gab zu mit Drogen zu handeln aber die Susi habe er nicht umgebracht, als er ging war sie noch am Leben und sie hatten nicht gestritten, sie hatten gemeinsam gute Geschäfte gemacht, sogar der Pfarrer war involviert, der brauchte Geld für das Kartenspiel, es gab nie streit, weil alle profitierten.

Die Kommissare glaubten ihm nicht, sie drohten an, ihm zu foltern, wenn er nicht sofort ein unwiderrufliches Geständnis ablegte. Er stritt ab, ein Mörder zu sein, er hatte ihr nichts getan, er hatte mit ihr viel Geld verdient.

Den beiden Polizisten reichten die Beweise die sie hatten um den Kapuzenmann des Mordes zu überführen und brachen das Verhör ab.

Sie ließen ihn abführen und zogen sich zurück um den Abschlussbericht zu schreiben.

Sie waren froh endlich die Bestie festgenommen zu haben, es war auch klar, dass er alles abstreiten würde, aber die Beweislast war erdrückend.

Trotz all den Beweisen waren doch noch Fragen
offen, aber sie wollten nichts mehr davon wissen,
denn die letzten Tage waren anstrengend genug.
Soviel Abschaum wie in dieser Stadt hatten sie
auch noch nie erlebt, obwohl Herr Oberst ein
erfahrener Profi war.

Sie ließen den Mörder in die Landeshauptstadt
bringen, denn jetzt war es an der Zeit, dass sich die
Gerichtbarkeit um den Fall kümmern sollte.

Herr Oberst machte noch eine kleine Bemerkung:
„Was für ein Theater um Wirtschaftskriminalität,
dafür hätten sie Kollegen die sich darum kümmern
sollten, schließlich würden sie dafür bezahlt!"

Als sie im Hotel ankamen, machten sie es sich
gemütlich, sie speisten und tranken, dann gingen
sie zu Bett.
Sie waren froh denn Fall abgeschlossen zu haben.

24

Tod am Pilgerweg

Es war sehr früh am Morgen, als die beiden
Beamten aus dem Schlaf gerissen wurden. Sie
trauten ihren Ohren nicht als sie erfuhren, dass es
sich um einen Mordalarm handelte.

Ein Stadtpolizist holte sie ab und brachte die
beiden zum Tatort, dieser war auf einen Weg der
zu einer Pilgerkappelle führte, kurz davor fand ein
Spaziergänger, der mit seinem Hund unterwegs
war, eine Frauenleiche, er hatte sofort die Polizei
alarmiert.

Was sie da sahen war nichts für schwache Nerven.
Es sah aus als hätte man die Frau mit mehreren
Messerstichen getötet, sie lag in einer riesigen
Blutlache.
Die Tatwaffe war nicht auffindbar, also musste sie
der Täter mitgenommen haben, wo sonst sollte die
Waffe sein?

Es dauerte nicht lange da kam auch schon die
Pathologin aus der Stadt. Sie wies darauf hin, dass
sie die Leiche erst reinigen müsste um genaueres
feststellen zu können. „Genaueres nach der

Gerichtsmedizinischen Untersuchung!" Das war
der Standartspruch auf den die Kommissare
warteten. Sie könne nur ungefähr die Tatzeit
feststellen, die war um ca. sechs Uhr morgens, plus
minus eine Stunde.

Herr Konrad hatte nun das Vergnügen
mitzukommen, um der Pathologin bei der
Untersuchung zu assistieren. Herr Oberst leitete
inzwischen die Ermittlungen vor Ort. Im Rucksack
der Toten fand man einen Ausweis, der daraus
schließen lässt, dass es sich um eine Pilgerin
handeln könnte. Ihr Name war Lana Havel, aus
Tschechien.

In der Gerichtsmedizin:
Herr Konrad fürchtete sich bei der Obduktion
dabei zu sein, das war aber rechtlich notwendig.
Die Furcht war nicht bei der Öffnung der Leiche
anwesend zu sein, sondern die Geschichten der
Pathologin die scheinbar unendlich und sehr
gruselig waren.

Sie erzählte ihm von einem Fall, da hatte jemand
zu Fuß falsch abgebogen und verirrte sich auf die
Bahngleise und wurde von einem Zug erfasst und
auf die parallel führende Straße geschleudert. Nun
wurde der auf der Straße liegende auch noch von
einen LKW überrollt.

Aus dem bisschen Fleische und ein paar Haaren konnte sie feststellen, dass der Mann unter Drogeneinfluss stand. Dass es sich um einen Mann handelte wusste sie, weil noch ein winziges stück vom Penis im Fleisch zu finden war.

Am Tatort konnte der Kommissar noch ein paar wichtige Personaldaten feststellen:
Sie war Anfang vierzig und kam aus dem Nachbarland, sie hatte einen Pilgerausweis bei sich, sie wollte sich hier bei der Wallfahrtskirche einen Stempel abholen und wahrscheinlich ein wenig beten, was Pilger ebenso machen.

Viele Fragen mussten nun beantwortet werden:
Wo hat sie übernachtet? Mit wem hatte sie kontakt? War sie alleine?
Kannte sie jemand? War sie schon mal in dieser Stadt?

Der Kommissar machte sich auf den Weg um Informationen zu finden, schließlich kann es kein Zufall sein, das gerade jetzt eine weitere Frau umgebracht wurde.

Er ging zurück zum Hotel, wo ihn der Wirt über den Weg lief. Er zeigte dem Wirt ein Foto von der Toten und er konnte sich sofort an sie erinnern, er erzählte ihm, dass sie als Pilgerin am Jakobsweg unterwegs war. Sie wollte noch zur Kirche am Berg und dann weiterziehen. Sie kam gestern Abend und verließ bald im Morgengrauen das Hotel.

Man merkte das Herr Oberst zunehmend nervös
wurde, wie sollte er seinen Vorgesetzten erklären,
dass er einen weiteren Mord aufzuklären hatte. Er
konnte nichts anderes tun als auf die Berichte zu
warten um weitere Schritte zu setzen.

Wichtig waren die Zeugenaussagen, die aber laut
seiner Kollegen nichts Wichtiges ergaben.
Niemand hat etwas gesehen und gehört.
So wie es schien, musste er mit den Ermittlungen
von vorne beginnen!
Wer hielt die Polizei zum Narren?

25

Der Bericht

Es dauerte eine Weile als sein Assistent und die Gerichtsmedizinerin zurück waren, Frau Dr. Schneider ließ es sich nicht nehmen gleich mitzukommen, schließlich handle es sich bei diesem weiteren Mord um eine heikle Angelegenheit.

Bei der Untersuchung sind ihr wichtige Details aufgefallen:
Die aufgefundene Frau wurde gewürgt und dann mit zwölf Messerstichen getötet, bis zum Todeseintritt musste sie noch sehr leiden. Ein durchaus sehr qualvoller tot, wahrscheinlich von einem Geistesgestörten verübt.

Der Täter wurde anscheinend von irgendjemanden gestört, so konnte er sein Werk nicht wirklich vollenden. Er ließ sie einfach am Weg liegen, zog sie nicht ins Gebüsch, oder er wollte das man sie so findet. Es gibt also sicherlich parallelen wie beim ersten Fall, zumindest was die Grausamkeit der Tat betrifft.

Aus psychologischer Sicht könnte es sein, dass er noch einmal zuschlagen könnte um dann sein

Werk doch noch zu vollenden, sollte es sich um einen Serienmörder handeln, oder um ein versuchtes Sexualverbrechen, denn die Frau wurde nicht vergewaltigt, es kam zu keinen sexuellen Handlungen.

Der Täter hat wie beim ersten Mal mit hoher Brutalität gehandelt, was dafürspricht, dass es sich um einen sogenannten Frauenhasser handeln könnte.

Die Tatwaffe hat er mitgenommen, vielleicht hängt er an seinen Messer, es könnte auch sein, dass er es ein weiteres Mal verwendet.

Nun waren die Herren Kommissare an der Reihe!

26

Die Ratlosigkeit

Herr Oberst und Frau Dr. Schneider zogen sich zurück um das Ganze noch ausführlicher zu besprechen. Die beiden kannten sich schließlich schon lange genug und so ergab es sich das es ein längeres zusammentreffen war, das die ganze Nacht dauerte, was da alles passierte war mehr als nur Freundschaft.

Am nächsten Morgen rief ihn sein Assistent an und teilte ihm mit das es etwas Neues gebe und er ging sofort zu ihm zur Polizeiinspektion.

Der dumme Polizist hatte sich gemeldet und er wollte wissen ob sie schon herausgefunden hatten, wer der Mörder sei? Er werde eventuell auf eigene Faust ermitteln und den wahren Täter finden.

Für einen kurzen Moment konnten sie sein Handy lokalisieren, es war im Wirtshaus „Zum schwarzen Hund" eingeloggt. Als sie nachsahen, war aber niemand da, nur das Handy. Sie wussten, dass er sie zum Narren hielt und es an der Zeit war dem Ganzen ein Ende zu setzten.

Es war offensichtlich, dass sie ein
schwerwiegendes Problem hatten, denn der Druck
stieg von Minute zu Minute. Sie hatten einen
verrückten Polizisten zu schnappen, der sich als
ganz schlau hielt und seine Straffreiheit durch die
Freigabe seiner Geisel erpressen wollte.

Dann hatten sie vermutlich einen Serienkiller zu
fassen, bei dem keiner weiß wann er wieder
zuschlagen würde! Alle waren in
Alarmbereitschaft, die Stadt war so gut bewacht,
dass sich nicht mal eine Maus sich ohne zu
bemerken Bewegen konnte.

Sie mussten etwas wichtiges übersehen haben, eine
kleine winzige Spur, aber soviel sie auch
Nachdachten und alles noch so oft durchgingen,
sie hatten nicht wirklich eine wichtige Spur,
schließlich waren sie für ihre Gründlichkeit
bekannt.

Sie vermuteten das der Polizist der Mörder sein
könnte und durch die Geiselnahme von sich
ablenken würde. Er habe nichts mehr zu verlieren,
sein Job, seine Frau und sein Geld waren für
immer weg. Auf ihm wartet eine lange Haftstrafe,
vielleicht hat er deswegen durchgedreht und zum
Schluss tötet er seine Geisel und als Höhepunkt
sich selbst.

Sie wussten, dass er bewaffnet war und somit ein extremes Sicherheitsrisiko für alle sein würde, daher mussten sie ihn so schnell als möglich aus dem Verkehr ziehen.

Die Ratlosigkeit wurde immer größer, da meldete sich die Gerichtsmedizinerin und teilte ihnen mit, dass man bei beiden Leichen eine DNA gefunden hatte die übereinstimmen, aber bei der Datenbank keinen Treffer anzeigte.

Wem gehörte also diese DNA?
Alle bereits Inhaftierten Personen, sowie der flüchtige Polizist waren bereits Registriert.

Außerdem fanden sie wenige Meter entfernt vom Tatort fremde Blutspuren. Das konnte nur heißen, der Täter habe sich verletzt und hatte ihnen eine Spur hinterlassen, das ihnen ermöglicht den Täter zu identifizieren, sobald sie eine Gegenprobe bekämen.

Trotz allem waren die Beamten immer noch ratlos, denn sie hatten noch einen ganzen Sack Fragen zu beantworten. Das wichtigste war, den Polizisten zu stellen und die Geisel zu befreien, denn es war ihnen klar ein Psychopath der nichts mehr zu verlieren hatte, war genau so gefährlich wie ein Serienmörder.
Man wusste nicht was sie als nächstes vorhaben, und keiner konnte wissen wie schlimm es ausgehen würde.

Nach ihren Erfahrungen wussten sie, dass es zuerst
zu einem gewaltigen Nervenkrieg kommen werde,
und wie immer würde der stärkere gewinnen.

Die Zeit war nun ihr ärgster Feind.

Die aktuellen zustände ihren Vorgesetzten zu
übermitteln war zweitrangig, aber wenn die
Kommissare schon dabei waren, so konnten sie
gleich Verstärkung beantragen, dieses Mal aber ein
Sondereinsatzkommando, denn die Beamten
ahnten nichts Gutes.

27

Das Unglück

Wie es die Beamten ahnten, kamen nun schlimme
Stunden auf sie zu, der Geiselnehmer hatte sich
gemeldet und er stellte nun eindeutige
Forderungen.

Sie sollten ihm einen Fluchtwagen und eine
Million in Bar, in kleinen Scheinen zur Verfügung
stellen, sobald er sich in Sicherheit befände, werde
er die Geisel freilassen.

Sollte jedoch etwas schiefgehen würde er die
Geisel erschießen und anschließend werde er sich
einen Schusswechsel mit seinen Kollegen geben,
sollten sie ihm nicht treffen werde er sich selbst
töten.

Er wusste über jeden Schritt Bescheid, denn er
hatte schließlich ein Funkgerät mit. Das
veranlasste die Beamten den Kollegen mitzuteilen,
sich nur mehr über das Handy zu verständigen.

Herr Konrad hatte nun den Befehl erhalten, sich
bei seinen Polizeifreunden umzuhören und diese
unter Druck zu setzten, denn irgendwo musste er

sich verstecken, es war nun oberster Priorität sein Loch aufzuspüren, um das Leben der jungen Journalistin zu retten.

Hatten sie ihn außer Gefecht gesetzt, konnten sie sich wieder um den eigentlichen Fall kümmern. Es war immer noch nicht sicher, ob er der Doppelmörder sein könnte.

Der Geiselnehmer meldete sich wieder und gab ihnen den Ort der Übergabe bekannt. Sie sollten das Auto vollgetankt mit dem Geld am Bahnhofsgelände abstellen und sofort verschwinden, sollte er nur einen einzigen Polizisten sehen, tötet er die Geisel. Alles andere war ihnen bereits bekannt.

Zwischenzeitlich konnte Herr Konrad feststellen wo der gesuchte Polizist sein Versteck haben könnte. Er hielt sich immer am Bahnhof auf, er hatte sich vor Jahren einen Waggon gekauft und eingerichtet, dort zog er sich zurück, wenn er alleine sein wollte. Dort lebte er sozusagen auf einem stillgelegten Abstellgleis.
Das kam den Kommissaren gleich sehr verdächtig vor, denn die Übergabe sollte auch am Bahnhof stattfinden.

Nun hieß es die Nerven zu bewahren, denn sie durften das Leben der jungen Frau auf gar keinen Fall gefährden, das nicht einfach werden würde.

Sie ließen das Gesamte Bahnhofsgelände umstellen und die Scharfschützten gingen in Position.

Der Fluchtwagen wurde vorgefahren, am Rücksitz sah man das Geld offen gestapelt, um kein Risiko einzugehen.

Bei einem Waggon öffnete sich die Tür und die Geisel kam heraus. Sie lief schnell davon und wurde vom Kommissar in die Arme genommen. Er wunderte sich, dass der Geiselnehmer nicht herauskam, doch die Journalistin sollte ihm eine Nachricht überbringen.

Auf einen Zettel stand, dass er keinen Umgebracht hatte, sondern von allen benützt worden sei. Die Journalistin berichtete weiter, dass sie gemeinsam alle taten wie Betrügereien und eingefädelte Morde, die zur Bereicherung so mancher geführt hatte, in einem Schreiben zusammengefasst hatten.

Er war nur die Handpuppe im diesen Betrugskrimi, wer allerdings die Burger Susi getötet hat, konnte er nicht wissen.

Weiters führte er an, dass er der Journalistin nie weh getan hätte, sie habe ihm geholfen das ganze

aufzuarbeiten und beweise zu sammeln um die
wahren Schuldigen zu bestrafen.

Er habe aber alles verloren und so wolle er nicht
mehr weiterleben.

In diesem Moment hörten sie einen Schuss aus
dem abgestellten Waggon, sie wussten der
gesuchte Polizist hatte sich das Leben genommen.

Die Kommissare sicherten die Beweise und zogen
sich zurück.

28

Der Detektiv

Die beiden Beamten versammelten sich bei ihrem neuen Freund, dem „Würstel Jo". Nach diesen Nervenspiel brauchten sie dringend etwas Starkes zum hinunterspülen. Die beiden sind einiges gewohnt, doch war es für sie ein schreckliches Ereignis, was sie erst verdauen mussten.

Leider hatte ihr Vorgesetzter nicht das gewünschte Verständnis, denn er konfrontierte sie umgehend damit, dass es an erster Stelle stand, die Geiselnahme unblutig zu beenden, und dass sie mit ernsthaften Konsequenzen zu rechnen hätten.

Jetzt konnten sie ihn nur mehr damit besänftigen, indem sie ihm den Serienkiller auf einen Goldenen Tablett servierten. Sie wussten das nur ein positives Ermittlungsergebnis ihren Vorgesetzten milde stimmen würde.

Sie wussten das es schwierig sein werde den Mörder zu fassen, außer er würde einen großen Fehler machen, aber eine weitere Frau opfern zu muss unbedingt verhindert werden. So blieb die Stadt in einen Ausnahmezustand.

Als sie am Polizeiposten ankamen um das weitere
Vorgehen zu besprechen, meldete sich eine
Anonyme Person bei der Polizeiwache. Er
behauptete Hinweise zu haben, die zur Verhaftung
des gesuchten Mörders führen könnten.

Herr Oberst übernahm das Gespräch und fragte
nach seinen Namen? Er blieb aber hart und erklärte
ihm, dass er lieber Anonym bliebe, denn sein
Name tut nichts zur Sache, er würde früher oder
später erfahren wer er sei, und außerdem kenne er
ihn sehr gut.

Der Kommissar wurde stutzig und wollte wissen
warum er so ein Geheimnis daraus mache? Mit
Geheimnissen hätte er es nicht so, aber der Anrufer
blieb hart. Er stellte klar, wenn er die
Informationen haben wollte, so habe er sich an
seine Anordnungen zu fügen.
Herr Oberst hatte das Telefon auf laut gestellt und
sein Assistent hörte mit, sie sahen sich an und sie
wussten ohne etwas zu sagen, dass sie diese
Chance an Informationen zu kommen, unbedingt
annehmen müssten.

Nun erklärte der Anrufer was Sache sei:

Der Kommissar Gottfried Oberst soll alleine, ohne
Handy und ohne Waffe an einen neutralen Ort

kommen. Er solle von einer Verkabelung Abstand halten, er werde diesbezüglich genau überprüft werden.

Er beschrieb ihn nun den Weg zum Treffpunkt:

„Sie fahren Stadt auswärts Richtung Bahnhof, dort biegen sie rechts ab, nach fünfhundert Metern biegen sie links ab, dann fahren sie vier Kilometer immer der Straße entlang, bis sie zu einem Wald kommen, fahren sie weiter, etwa drei Hundert Meter, lassen sie dort bei einem Waldweg ihr Fahrzeug stehen. Den Rest gehen sie zu Fuß weiter, bis sie an eine Lichtung kommen, dort befindet sich ein altes Wirtshaus „Zum grünen Hirsch", dort treffen wir uns.

Wenn alles in Ordnung ist wird der Wirt sie zu mir führen. Sie kennen mich nicht, aber ich weiß wer sie sind. Wir treffen uns in einer Stunde, seien sie Pünktlich, denn sonst haben sie Pech gehabt".

Der Kommissar machte sich auf den Weg, schließlich war es eine große Chance an Informationen zu kommen, die sie unbedingt benötigten.

Als er bei dem Wirtshaus inmitten im Wald ankam war ein halbwegs normaler Betrieb. Als er hinein ging, kam ihm der Wirt entgegen und forderte ihn auf mit ihm zu kommen. Er musterte Herrn Oberst ganz genau.

Auf der Terrasse saß ein dunkel bekleideter Mann
mit Sonnenbrille, er sah den Kommissar, stand auf
und bot ihm einen Platz an.

Er nahm seine Sonnenbrille und seine Berücke ab.
Nun wusste Herr Oberst, wenn er vor sich hatte.
Ein ehemaliger Kollege Namens Emanuel Laser,
man nannte ihn „Der Unsichtbare", er war schon
länger als Privatdetektiv tätig. Er kümmerte sich
hauptsächlich um sehr knifflige Fälle.

Der Kommissar wollte zum ersten wissen, warum
diese Geheimnistuerei? Er wies ihn darauf hin,
dass er in einer Geheimen Angelegenheit ermittelt.
Nun wollte Herr Oberst, dass er auf den Punkt
kommen solle, was die Hinweise an den Morden
betreffen.

Der Privatdetektiv machte ihn aufmerksam, dass er
ihm nicht alles erzählen dürfe, weil das seinen
Auftraggeber gar nicht gefallen würde, wie er
schon erwähnte, es handle sich um eine streng
geheime Mission.

Er fing an zu erzählen, er sagte das er über das
meiste bereits Informiert sei, weil er einen
Mitarbeiter mitten in der Stadt im Einsatz habe, wo
auch er regelmäßig verkehrte und so manches
geplaudert wurde. Er hatte auch einen direkten

Blick zum Wirtshaus, wo sich der erste Mord ereignete.

Nun wurde der Kommissar sehr neugierig, er vermutete das Jo und sein Freund der Leichenbestatter seine Informanten seien. Herr Laser korrigierte ihn und klärte ihn auf, dass der als Blinde getarnte Gast sein Kollege sei. Tarnung ist und bleibt das halbe Geschäft.

Nun kam er zum Punkt und erzählte ihm was er beobachtet hatte:
In der Nacht als der Mord an Frau Burger geschah observierte er in der Nähe vorm Hinterhof, wo sich das ganze Baumaterial und die Baumaschinen befanden.

Er staunte nicht schlecht als plötzlich auf einer Wand, die als Feuerschutz diente, ein Junger Mann herauskroch, dann sprang er auf eine Palette mit Zement, dabei verletzte er sich so schwer, dass er momentan nicht mehr weiterkonnte. Nach einer Weile stand er auf und hinkte davon.

Von weiten konnte ich erkennen das er eine Latzhose an hatte, vermutlich in grüner Farbe. Das Gesicht konnte er nicht erkennen, aber seine Statur. Zu diesen Zeitpunkt wusste er noch nicht was sich hier abspielte.

Er musste an diesen Abend zurück ins Ausland, weil sein Auftraggeber eine neue Aufgabe hatte. Er erledigte diese.

Als er wieder zurück kam sah er zufällig wie ein Gärtner der Stadt die Grünanlage außerhalb des Freibades pflegte, er hinkte und laut Statur könnte es sich um die gesuchte Person handeln.

Herr Oberst bedankte sich für den Tipp. Nun tranken sie noch ein paar, dann ging jeder seinen Weg.

29

Der Killer

Als der Kommissar zurückkehrte, ließ er sofort den Stadtgärtner verhaften.

Einige Polizisten stellten den Verdächtigen mitten in der Stadt und zogen ihn aus einem Blumenbeet heraus, dann brachten sie ihn unverzüglich zum Verhör
Es wurden ihn Fingerabdrücke abgenommen, sowie ein DNA - Abgleich vorgenommen.

Zunächst leugnete der Mann, dass er mit den Morden etwas zu tun hatte. Aber sein abstreiten brachte nichts, denn seine DNA war an beiden Leichen, seine Fingerabdrücke in der Wohnung der Susi Burger, auch das Blut am Tatort der zweiten Leiche stammte von ihm. Seine Verletzung an der linken Hand konnte nur von der Tatwaffe stammen.

Es dauerte nicht lange und er gestand die beiden Morde, als Motiv gab er bekannt, dass er von Frauen nicht ernst genommen wurde. Sie haben ihn gehänselt und manche machten sich über ihm lustig.

Nun wurde es Zeit sich zu rächen, er wollte ihnen
Zeigen wer hier der Herr sei. Er könne über Leben
und Tod entscheiden, er bedauerte es, dass es mit
den beiden Frauen zu keinem Geschlechtsverkehr
kam, denn er wurde jedes Mal gestört.
Der Kommissar forderte Ihn auf nun alles genau zu
erzählen!
Was war passiert?

Beim ersten Mord:
Der Täter gab sich als sehr hilfsbereit, die beiden
kannten sich vom Stadtamt,
als er bei Susi anläutete dachte sie sich nichts
dabei, er konnte sich ja „Stoff" holen, also war die
Situation nichts Ungewöhnliches.
In Wirklichkeit hatte er alles genau geplant, er
hatte die Tatwaffen bei sich.
Bis zur Ermordung lief alles so, wie er sich das
Ganze in seinem kranken Gehirn vorgestellt hatte,
als sich plötzlich der Pfarrer bemerkbar machte.
Ohne dass der Pfarrer etwas bemerkte flüchtete er
über die bisher unbekannte Tür ins Freie, wo er
sich bei der Flucht verletzte und er vom Detektiv
zufällig beobachtet wurde. Der Detektiv war in
einer anderen Geheimen Sache aktiv, so hatte er
sich erst später gemeldet.
Seine Verletzung heilte nicht wirklich, so hinkte er
seinen grausamen Gedanken hinterher.

Beim zweiten Mord:
Getrieben endlich eine weitere Frau zu töten ging
er täglich zur Arbeit und überlegte wie er es
wieder tun könnte.
Als die Pilgerin zur Kirche am Berg wanderte,
kreuzten sich die Wege zufällig, der Mörder ging
zur Arbeit und als er sie sah, nutzte er die Gunst
der Stunde. Er verfolgte sie, bis er dachte, die
richtige Stelle gefunden zu haben.
Er überfiel sie von hinten und würgte sie. Plötzlich
hörte er einen Hund bellen, ein Spaziergänger
näherte sich, er fing an auf sie einzustechen und
flüchtete.
Wieder konnte er seine kranke Absicht nicht zu
Ende bringen, und der Hass wurde immer größer.
Die Zeitbombe tickte weiter!

Endlich war diese Bestie gefasst und die
Stadtbewohner konnten sich wieder des Lebens
freuen.

Der Kommissar Oberst verabschiedete sich mit
den Worten: "Der Gärtner ist immer der Mörder!"

30

Das Ende

Das lange ermitteln war für die Stadt ein
Gewinn, denn die Amigos wurden aus dem
Verkehr gezogen.

Herr Pfarrer Petrus wurde nach Afrika versetzt,
wo er als Missionar tätig ist.

Herrn Oberbürgermeister Sulzer ist in Haft
wegen schweren Betrugs, ebenso seine Frau als
Mitwisserin.

Herr Stern wurde ebenfalls wegen Betrugs
verurteilt, sowie der Baumeister Huber.

Der Bankdirektor bekam eine bedingte
Haftstrafe, weil er wichtige Informationen an
die Polizei weiterleitete.

Die Wirtin vom „Schwarzen Hund" ist leider
nach langer Krankheit verstorben, der Wirt hat
seine kleine Wohnung bekommen.

Jo und der Leichenbestatter wurden Freunde auf
Lebenszeit.

Der überführte Mörder bekam Lebenslang und
eine Einweisung für abnorme Rechtsbrecher.

Herr Kommissar Oberst und
Gerichtsmedizinerin Sandra Schneider machten
endlich gemeinsam Urlaub in Spanien. Adios!

Im „Schwarzen Hund" fand man bei den
Abbrucharbeiten ein Skelett von einem
Menschen und von einem Hund, aber das ist
eine andere Geschichte…

Ihr Autor
Marc Jan

Lightning Source UK Ltd.
Milton Keynes UK
UKHW020655120721
387033UK00010B/655

9 783754 309261